乡愁文丛　王剑冰　主编

十里荷香
柳丝青

马瑞芳　著

中原出版传媒集团
大地传媒

大象出版社
·郑州·

图书在版编目（CIP）数据

十里荷香柳丝青 / 马瑞芳著.— 郑州 : 大象出版社, 2017. 5
（乡愁文丛 / 王剑冰主编）
ISBN 978-7-5347-9186-4

Ⅰ. ①十… Ⅱ. ①马… Ⅲ. ①散文集—中国—当代
Ⅳ. ①I267

中国版本图书馆 CIP 数据核字（2017）第 045430 号

乡愁文丛
王剑冰 主编
十里荷香柳丝青
马瑞芳 著

出 版 人 王刘纯
策　　划 王刘纯
责任编辑 范 倩
责任校对 马 宁
装帧设计 王莉娟

出版发行 大象出版社（郑州市开元路 16 号 邮政编码 450044）
发行科 0371-63863551 总编室 0371-65597936
网　　址 www.daxiang.cn
印　　刷 北京汇林印务有限公司
经　　销 各地新华书店经销
开　　本 787mm×1092mm 1/16
印　　张 14.25
字　　数 141 千字
版　　次 2017 年 5 月第 1 版 2017 年 5 月第 1 次印刷
定　　价 30.00 元

若发现印、装质量问题，影响阅读，请与承印厂联系调换。
印厂地址 北京市大兴区黄村镇南六环磁各庄立交桥南 200 米（中轴路东侧）
邮政编码 102600 电话 010-61264834

找得到灵魂家园，记得住美丽乡愁

——“乡愁文丛”总序

王剑冰

我们强调保护中国的传统文化，而传统文化当中就有乡愁。乡愁是中国人热爱家乡、牵念故里的独特情结，是一种美好自然的文化观念。社会越是变化、越是浮躁，这种情结就越显珍贵。乡愁也是一种寻根意识，记住乡愁，记住美好的童年，记住美好的向往，也便是铭记我们的根本。

我们每个人都是故乡的一片叶子，这片叶子无论飘落多远，都无法摆脱大树对于叶子的意义。一个人的身上总有着故乡的脉络，流着故乡的血，带着永远不可改变的DNA。一个个的人也可以说是一个个村子的化身，他们走出去，分散得到处都是，却不会把村子走失。

说起乡愁，那是一种与生俱在的情怀，住在心中的故乡常常鲜活在那里。故乡是安放你的灵魂、温暖你的寂冷的地方，是接纳你的疲惫、抚慰你的忧伤的地方。翻开一页页被繁忙弄乱的过往，记忆中的余香总在儿时的故乡。那里有我们最亲密的玩伴、最爱吃的食物、最漂亮的衣衫、最天真的憧憬。而芬芳入梦的，多是亲人亲切的面容与温馨的相聚场面。那些亲人或已故去，或还在乡里。现在多数人对故乡的感觉同对年节的感觉一样，那种热闹团圆、香气弥漫的味道是乡情中最重要的部分。“每逢佳节倍思亲”，所以归乡最多的时刻是年节，带着满满的怀想、满满的辛苦，万水千山相携于途，构成最为壮阔的乡愁景观。古往今来，人们因为各种缘由漂泊在外，但总是要找机会赶回故里。金圣叹曾列举“不亦快哉”之事，其一即是“久客得归，望见郭门，两岸童妇，皆作故乡之声”。然而他们的欢喜中又带着那种“近乡情更怯，不敢问来人”的复杂心理。漫长的时光已然流逝，乡愁的话题始终没有停息，情怀早已渗透于诗歌典章，直至后来，还有余光中、三毛、席慕蓉不约而同地同题《乡愁》。

诚然，远在故乡之外的游子，生发的多为眷念之情，即使老杜有“漫卷诗书喜欲狂”“便下襄阳向洛阳”的返乡之举，回到家乡也还是要再出去，因“莼鲈之思”而辞官归返的张季鹰毕竟是少数。还有，余光中的《乡愁》或代表了一些人对于故乡的认知，那就是故乡即是母亲（或双亲）的代名，对于故乡的怀念即是对于母亲的怀念，回故乡即是为了看母亲，母亲不在了，故乡的概念便模糊起来。随着生活的变化，有人也不可避免地遇到了回乡的矛盾，记忆与现实发生了冲突，那种期待值与仪式感渐渐折损，许多美好已然变成了永久的追忆。所以有人会说：“我是真的爱家乡，不过爱的可能是记忆里的家乡。”确实，没有一成不变的事物，这是时间所带来的不可逆转的事实。然而不可逆转的还有那份强烈的牵绊，永恒的顾念并未因此而中辍，情感的执拗还是同那些疏离与怨怼扯断了关联。生生不息地以文字表达出来的乡愁，也成为中国文学中一个特有的传统。

作家们大都已离开生养自己的故土，但我们却能看出那种深深的乡愁情结，这其中有写生养自己的故乡的，也有写生活过的第二、第三故乡的，还有赞美如故知的他乡的。文丛中，地域山水皆有代表，民俗风情各具特色，多方位地展现出人与历史、人与环境的关系，彰显对亲人故土的真挚情怀以及对世态人生的深切感慨，给我们带来亲近，带来回味，带来启迪，让我们感受到温馨而深挚、苍郁而辽阔的文字力量。

我们说，在意乡俗年节，提倡尊崇温情，爱护碧水蓝天，留住美好记忆，是和谐社会建设的内容之一，也是复兴民族文化的核心之一。这样会把我们赖以生存的环境保护和建设得愈加贴近期待与理想，也会使我们愈加容易找得到灵魂家园、记得住美丽乡愁。大象出版社倾心打造这样一套阵容壮观的“乡愁文丛”，就是带有这样的初衷。该文丛是具有欣赏性、研究性、珍藏性的文学工程，也是一种文化的记忆与期望。“故乡今夜思千里，霜鬓明朝又一年。”随着时间的挥手远去，这种记忆与期望会愈加显现出它的意义。

2017 年初春

目　录

祖 父

一

我从小就恨祖父。

我依稀记得三岁时祖父去世的情景。

那天，在祖父的大院里，大人们突然都穿了白衣，团团席地而坐，嘤嘤啜泣。每当外边走进人来，他们便放声痛哭。我在人堆中跑来跑去，觍着脸瞧一向正经八板的大爷叔叔捶胸顿足，哭得涕泗滂沱；瞅平日把头梳得油亮可鉴的大娘婶婶披头散发，号得极有节奏。我觉得好玩儿极了。人们说着“无常”“无常”，我不懂。哥哥眼泪汪汪地告诉我：“爷爷死了，要埋进土里去了。”

人们把全身裹了白布的爷爷放进一个蓝色的轿子中，清真寺的阿訇们音调铿锵地唱起了《古兰经》。我突然明白了：我那爷爷——那总是威严地板着脸的爷爷，要永远离开我们了，再从他窗下走过时，就不必小偷一般地蹑手蹑脚了。这多好！我直想笑，刚咧开嘴——没笑成，反倒“哇”的一声哭了，因为母亲晕过去了，二哥在她怀中号啕：“我要爷爷……”

哥哥们是爷爷的心肝。爷爷的正房，男孩可以随意进出，嘴里还吃着爷爷屋里的好东西：香喷喷的牛口条，甜丝丝的蜜食，红艳艳的蜜桃，紫晶晶的葡萄。女孩只能远远地看着，噙着自己的手指头。

爷爷见了孙女也呵呵笑的。据长房的姐姐说，那是假笑。爷爷从不说他不喜欢女孩，怕有“五朵金花”的大娘脸上挂不住。可偶然的失语愈见他立场的鲜明。

那是我三哥出生时。人说月婴丑似驴，未满月的三哥却谁见谁夸。祖父命人将三儿抱到书房，一见之下，大吃一惊，叹道：“这羔羔蛋！果真生得唇若涂朱、面似桃花！糟矣！桃花脸孩儿的下边，可全是闺女啦！”

第一个证明“糟矣”预言的，是我。祖父竟不近人情地吩咐，让两周岁的三哥继续吃奶，刚出生的小妞儿呢？喂米汤。听说我满月时，父亲愁眉苦脸地去见祖父，说：“小妮儿好像不长呢，爹，要不给三儿断奶？”

爷爷嗨嗨地笑了：“小闺女嘛，能活就不错。三儿吃了重奶才壮实哩。靠他们顶门立户啊。此吾家千里驹也。”

直到我和三哥一起上了大学，他还时时嘲笑我：“你那个脑袋不上砂轮上打一打，真有碍观瞻。也难怪呀，你小时候的营养也只够长脑袋的……”

这位电子系学生多么神气活现、得意扬扬！可我难以反唇相讥，因为他相貌堂堂，高大匀称，风度翩翩。我常酸溜溜地想，肯定因为多吃多占了我那份母奶，他才长成这般宋玉之容、潘安之貌呢。

我之恨爷爷，还因为他害得我家永远不能过中秋节。中秋是孩子们盛大的节日，可年年别人家吃月饼，我们只能干瞪眼。父亲执拗得很：咱们不过团圆节，因为爷爷是中秋节去世的。“但愿人长久，千里共婵娟。”中秋是美好的节日，爷爷却偏偏挑了这一天去进真主的天堂，实在可恼。

我之更恨爷爷，是“文化大革命”中判定他是“土豪劣绅”。我们这个家本已够呛了。父亲靠边儿站，厅局级干部烧茶炉；大哥是“走资派”，身为外科医生，自身的硬伤却此伏彼起；兄妹七人都是“文化大革命”前的大学生，臭老九。一家之中，该打倒的、该再教育的、该踏上一只脚的，无奇不有，再添上这么一位“土豪劣绅”爷爷，就更配套成龙啦。

二

1967 年的一天，我住在卫生部副部长郭子化家，蒲辅周来看望郭老。

穷在街前无人问，富在深山有远亲。郭老靠边儿站，几个月来门可罗雀。周公“御医”蒲辅周肯在郭老倒运时登门探望，已令我刮目相看，更何况他对郭老亲热如常！两位老人询问过牙齿情况、散步途程后，就肩并肩坐在会客室的长沙发上。郭老头顶上方，端端正正悬挂着一幅草书，龙飞凤舞；蒲老身后，画家黄胄的亲绘毛驴，栩栩如生。老人家交谈，后辈理当退席，可我好奇得很，坐在小沙发上故意磨蹭着，想听大名鼎鼎的“御医”说些什么。不料，他们倒先说起我来了。

“这姑娘是——？”蒲老庄重地问。

“是青州马德甫的孙女啊。蒲老还记得那个回族医生吗？”

郭老说，“可这孙女，却是中文系毕业的。”

蒲老点头。郭老又扭过头对我说：“你祖父是青州名医，和济南的王兰斋、阮大生齐名，你父亲大概不及他。到了你们这一代，干脆没有人学中医了。你父亲是怎么搞的！噢，我记得，你爷爷还是个同盟会会员哪。”

“什么？”我诧异得很。

郭老直摇头：“这丫头，数典忘祖……”

我趁机调侃，对蒲老说：“蒲老，现在文章是没法子写啦，我随您去学徒，以承祖业吧？”

蒲老笑了：“好啊，秀才学医，鸡窝里抓鸡……”

蒲老走了，一边一位少女搀扶。正在郭老家的老孙——河北大学教师孙庆笃对我说：“多奇怪呀？咱们这 20 世纪 60 年代的大学生，倒亲眼看到了清王朝的名医！”

真是鹤立鸡群！这名医银髯轻拂，有飘然出世之姿；这名医我行我素，在“扫四旧”巨浪中，公然身着长衫。我忽然想起，假如我那儒雅的祖父在世，没准儿国家也会派上两个“大辫子”跟他学徒，小心翼翼地扶着他，宛如保护出土文物呢。

每当想起两位当代中医泰斗的谈话，我对爷爷的身份便疑窦突生：青州名医何以成了“土豪劣绅”？

“四害”既除，云翳得消，我才明白了“土豪劣绅”的庐山真面目。

三

1935 年国民党青州政府举行中医考试，父亲夺魁，兴冲冲奔回家中向祖父报喜："爹！考了这么一些题……热结大肠与血结膀胱的区别和治疗。我回答，血结膀胱系大便黑色，小便正常，用以'桃仁承气汤'。别人都没得满分。"

不料，祖父拍案而起，声色俱厉："汝何其轻佻！世无英雄，遂使竖子成名！'人之所病，病疾多，而医之所病，病道少。'汝不过粗读几本医书，寻章摘句，鹦鹉学舌，胸中有几多妙手回春良策，乃自得如是？"

面有喜色的父亲一愣，连忙垂首倾听训斥。"'病有六不治，骄恣不论于理，一不治也。'汝为医者，岂可如此骄恣！汝要牢记：'旧书不厌百回读，熟读深思心自知。'汝要切念：'大医不言医，大讼不言讼。''将飞者翼伏，将噬者爪缩。'下去！"

脚踏实地，不发大话，将飞者翼伏，将噬者爪缩，为祖宗争光，为回民争气，这是祖父的信条。曾祖家境贫寒，祖父当私塾先生以充家用。寒冬腊月，挑灯夜读，无以取暖，祖父便将双足埋进麦穰中，先是四书五经——中了秀才，后是《内经》《伤寒》——成了名医。乡人田某，鼻衄而血箭，奄奄一息，众医束手。祖父力排众议，诊为客寒犯脑，一剂而愈。祖父到回族聚居的金岭镇走亲戚，听说有少女将嫁而病笃，家人弃红嫁衣而备白尸布。一向宣称"医不叩门"的祖父毅然登门诊治，三剂药后痊愈。病家披红挂彩，鼓吹而花烛……青州人甚至说，就是阎王亲来勾魂，马先生也能让病人死里逃生。

祖父民间有了名，官方任了职，当了北洋军阀政府第四监狱医务所所长。1930 年，国民党政府罢了他的"官"，宣布中医不得担任政府的医官职务。一个大人物还嘲讽：中医岂能成为国医？回民还想成啥气候？除非马生双角乌头白！

祖父愤懑，但无奈中医被扼杀的命运、回族被歧视的地位。1935 年祖父从济南行医归来，年老退隐，闭门养花、写字、课子。他颇令伯父和父亲发怵，以至每遇难症去请教严父，伯父和父亲都惴惴不安。自己的问题刚刚提出，老人的询问便连珠炮般地打来：“此病，定何名？在何经？在表在里？属虚属实？是阴是阳？系寒系热？治法应以何经方验方为主？如何辨证？”

40 年代初，伯父和父亲已是青州名医。有一天，祖父对他们说了这样一番话：“我劝汝二人转行。老大，你干脆是把木刀，根本不懂辨证施治！老五脑子倒还灵活，却飞扬浮躁、浅尝辄止。汝等做什么营生不能够养家糊口？何必一定要当医生？伤天害理！”

四

抗日战争胜利在握，严峻的考验却临到祖父头上。

汉奸县长陈某病了，派情报股股长请祖父出诊，被祖父一口回绝：“吾老矣，步履维艰，不能成行。”

“我们有暖轿相迎。”

“吾老矣，神昏眼花，难以处方。”

“请老先生看后，说个成药吃。”

钉子碰得更硬：“我不给汉奸看病！”

情报股股长悻悻而去，一家人惶惶不安。得罪陈某怎么得了？灭门知县嘛。可是，谁也不敢、不肯劝祖父出诊，因为大家知道他退隐后恪守“三治三不治”：街坊邻里治，市井穷人治，疑难大症治；高官不治，豪强不治，汉奸不治。岂止不治？汉奸“鲁南道尹”方永昌请赴宴会，也被断然回绝。

年过花甲的三祖父担心汉奸县长报复，刚说了一句“大哥是不是莽撞了？这不给汉奸看病怎能公开讲呢？”被祖父“咄”的一声喝到一边，满面通红地在子侄面前垂手侍立。祖父徐徐言道：“吾七十有余矣，岂能再活七十年？人生谁无一死？汝等勿多虑。”

汉奸县长竟隐忍未发。他不敢问罪于百姓倾慕的老中医而触怒民众。何况，小鬼子已成了秋后蚂蚱。“八一五”，鬼子无条件投降。令人愤慨的是，王耀武竟放任大批日军携枪沿胶济线向东败退。摇身一变为“地下英雄”的伪情报股股长将一队鬼子派驻祖父院中。战败者兽性未改，于是，鸡飞狗跳墙，一只猪肘子煮进了回族中医的锅里。

秀才遇见兵，有理说不清。祖父耳闻过八国联军火烧圆明园，听说过日寇“三光”，但外国侵略者而且是败兵到他这位缙绅名流鼻尖下狂呼大叫，刀枪铿然，他却做梦也没有想到。祖父惊吓而病，汤水不进。伯父慌了手脚，小心地伏在榻前试探地问：“爹，您看，给您用这个方行不？”

“吾寿已尽，不必用药了。”祖父仰天长叹，“吾中华大国受制于东洋小国，多年矣。黎民刚见天日，国府怎纵容败兵如此横行？吾穆斯林受辱若此，有何面目见真主？”

祖父弥留时，正是1945年中秋节。

突然，父亲兴奋地破门而入，呼道：“爹！毅之带八路军进城了！”

石破天惊，祖父睁开了眼：“真的？”

病榻前的人议论纷纷："八路进城了！""改朝换代了！"

"不是……改朝换代！"祖父气喘吁吁地说，"毅之，他来家了？"

垂危的祖父萦念父亲的同窗好友、八路军鲁中军区第二军分区副司令员冯毅之。腥风血雨中，祖父和那位共产党四县县长有过难忘的接触。

一次，祖父刚在街上看了这样的告示："献共匪'冯铁头'之首者，赏银圆三千。"转眼就在儿子家看到了那被通缉的"匪首"。他忙问："毅之，光天化日之下，你竟敢进城？"

"伯父好。"威震青州的"匪首"一鞠躬，"您为我担心？没必要。战场上枪子儿该当打不着，就怎么也打不着。"共产党人竟用宿命论安慰老人。"日本人净干赔本的买卖，我这么一个八斤半脑袋，能值三千大洋？谁给我日军司令的脑袋，我只赏'三炮台'烟一盒。"

祖父感叹："这孩子，会有大出息的。"

1942 年的一天，父亲见城门前贴了告示：马鞍山全歼共匪，冯匪毅之已活捉正法。祖父同意父亲冒险去收尸："汝只管去，汝妻室儿女，吾自抚之。"

当天，那被"正法"者又似自天而降，询问之后，他轻描淡写说："马鞍山打了两天两夜，八路军弹尽粮绝，全部跳崖殉国。"其中包括他的父亲、妹妹、妻子和四个女儿……

祖父又慨叹良久："这些八路，大智大勇，为国舍家，真不愧为黄帝子孙。"

"不是……改朝换代……"病榻上的祖父念叨着，吩咐："拿笔墨纸砚来！”

要立遗嘱？人们窃窃私议。

提笔总是八股、医案的祖父，留给人间的最后墨迹是一首五言绝句：

未睹三皇世，却现五帝天。

噫吁几千载，沧桑一变迁。

祖父溘然长逝。此时，国民党发动的内战炮声已响，兵荒马乱，人心浮动。两天后，出殡的人群引起八路军城门岗哨的怀疑：“怎么几百人来送殡？死者是大地主吗？”

“是个老中医，他救了很多人……”

“我爹是他治好的……”

“我那独生子是他救活的……”

“我是个穷人，老婆产后风，马先生来家看病，不收钱。我家没有人伺候产妇，先生家就给煎好了药送来……”县医院的一个伙夫边说边抽抽咽咽地哭起来。

“原来是这样。”门岗持枪肃立，“乡亲们请！”

五

母亲常宣扬“一辈子结实一辈子暄（软）”，还有实据，每每挖苦父亲说：“咱爹多么有威有仪！你连自己的孩子都镇不住！”

她说得不错，我家的父道尊严已荡然无存。父亲开完山东省人大常委会，一回家便被孩子们取笑上了：“给老头儿们演了什么好电影哪？”

“不夜天。”父亲顺口回答。老人家把《不夜城》记错了。

“是不夜地吧？”大家边说边挤眉弄眼。

父亲想了想，认真地说：“你们弄错了。”

大家乐得捧腹，父亲很奇怪：“怎么啦？”

父亲要去主持个民族座谈会，还有电视台的记者录像，他在灯下认真拟讲话稿。孩子们都是大学生，但谁也不帮忙，还嬉皮笑脸：“您主持会，能给人家讲什么呀？甘草三钱、羚羊角五分！您老那副装扮，中式棉袄布罩褂，胸前还缝个口袋挂钢笔，眉毛倒比胡子长，您还想当电视明星啊？真想得出。”

父亲宽宏地笑了：“这帮小坏蛋！”他继续戴上老花镜吭哧吭哧、一笔一画地写下去。他就是这么个人，忠厚、老实、谦和。

祖父生前爱说：“命矣，亦时矣！”父亲这老实人似乎远比祖父那精明人走运。

祖父辞世七年，1952年国庆节，父亲作为华东少数民族国庆观礼团成员进京。人们推举黑髯齐胸的父亲到怀仁堂向毛主席敬酒，周总理称他“美髯公”。毛主席的秘书受领袖嘱托，向少数民族观礼团成员每人赠送毛料中山装一套……三年后，父亲成为益都第一任回族县长。又过三年，父亲接到周恩来总理签署的国务院任命书，走上省民族工作领导岗位……

祖父辞世十九年，1964年，父亲成为第三届全国人民代表大会代表。临进京开会，他忽然感伤地说：“以我的德才，怎能孚此众望？假如爹在，或许……”自来名医多高寿，假如没有日本人的猪肉，祖父能活到今日，也未可知呀。

“文化大革命”，大家想起来都牢骚满腹。可是，抚今思昔，全家又一致认定那句前段人们似乎有点淡忘然而千真万确的话：

没有共产党，便没有各族人民的一切。

重要的不是哪一位中医受到尊重，而是华佗、扁鹊古业的中兴；重要的不是我们哪一家回民扬眉吐气，而是在党的怀抱中，一切左衽之族如婴儿之望父母；重要的不是我们家的姐妹可以像哥哥们一样挺胸做人、为国做事，而是千千万万在旧中国雌伏于灶间、蛰居于闺中、受制于三座大山的女娃，顶天立地，成了社会主义祖国的主人！

假如人有灵魂，一定会有晶莹的泪珠流过祖父清癯的面颊，洒在雪白的长髯上。怎么？马儿没生双角，乌头没有变白，而千百年来人们向往过、追求过、幻灭过的梦境，一一变成了现实？

假如人有灵魂，祖父或许会吟哦：

未睹三皇世，却现五帝天。

噫吁几千载，沧桑一变迁。

祖父，封建家长的祖父，您曾经何等绝情，竟忍心虐待嫡亲孙女！可是，您一定懂得爱。在艰苦泥泞的人生道路上，您钟爱为人类造福的中医事业；在弱肉强食的旧世界，您笃爱自己孤立无援的民族；在风雨如晦的年月里，您热爱古老文明的祖国。

祖父，哦，断我母乳的祖父，我爱您！

1981 年 5 月

附：

祖父在父兄心中

20世纪80年代初中共中央总书记胡耀邦同志到山东视察时，会见各界代表人士，父亲时任山东省人大及政协常委、省伊斯兰教协会主任，参加了和总书记的座谈。胡耀邦总书记握手时客气地问：“马老，您跟马本斋是一家吗？”

父亲回到家中，激动地说起此事：“总书记很尊重回族的光荣传统。”

当时我笑曰：“爷爷是个老封建，怎么可能跟抗日英雄是一家？”

“放肆！”父亲板起脸说。他是出名的好脾气，所以他断喝一声，我仍嘻嘻而笑。接着，父亲惊奇地问：“怎么，你认为你爷爷是个老封建？”

“那当然。我一出生，爷爷就不让我吃奶，让‘猫’（三哥绰号）吃重奶。‘猫’长了一米七八，我还不到一米六〇。爷爷真是封建到残忍的程度！连他的在天之灵都仍然在重男轻女！”

这玄而又玄的话，倒不是向壁虚构。不久前，三哥回家谈话晚了，就宿在院内平房中。父母住楼里，父亲睡到半夜，忽见祖父手捋长髯进了门，对他厉声说：“孩子病成那样，你倒在这里呼呼大睡！”

父亲从梦中惊醒，问母亲：“‘猫’没事吧？”

“没事。”

爱子心切的父亲惊疑不定，再也无法入睡，遂披衣下床，出楼进平房，以手轻抚三哥额头，火炭一般！试以体温计：39度5！

根据弗洛伊德学说，梦不是空谷来风，不是毫无意义，不是荒诞无稽，它是有意义的精神现象，是一种愿望的达成。父亲解释他这梦是：他下午曾为三哥诊脉，对其脉浮萦念于心。做西医的大哥、小妹说这是生物电。我这个搞文学的，总是从人的情感方面寻找事情的原因,所以我对三哥说:“爷爷那个白胡子老头儿,就是从真主的天堂往人间看,他也只瞧见马氏家族的‘千里驹’,你这个臭咪呜!”

家人常常梦见祖父。父亲在梦中向父亲学习《尔雅》;大哥跟祖父学习悬笔大字;二哥在梦中又得到一只芦花大公鸡,和小朋友们斗鸡所向披靡,他仍然把公鸡拴在祖父的床脚上,他怕鸡“脚冷”,爷爷就给垫上棉花……可是,我从来没有梦到过祖父,哪怕我也高烧39度5。而我即使在梦中也希望得到小时眼馋的、爷爷桌上的紫葡萄——那是哥哥常常拎出来的。狐狸得不到葡萄会说葡萄酸,我却如钱锺书先生所说:反而想象它格外甜。

并非为了对我进行什么“家史”教育,完全是无意的,完全没有章法的,父母兄长从此常谈祖父。随着家人的回忆,我孩童时代耿耿于怀的封建家长,同一个银髯飘然有神仙之姿的名医,同一个傲骨向俗的中华士大夫融为一体。终于有一天,这纷至沓来、反差极大的形象冲击得我夜不能寐,奋然命笔写《祖父》。我写着,感受到回族知识分子在长夜难明的时代深沉的苦闷和寻求,感受到中华民族在鸡鸣不已的岁月中磐石般的重荷和艰难的抗争。思绪如奔马,笔唰唰地在稿纸上响着……红日曙窗,我的眼泪潸然而落,滴在最后一页稿纸上:

> 祖父,封建家长的祖父,您曾经何等绝情,竟忍心虐待嫡亲孙女!可是,您一定懂得爱。在艰苦泥泞的人生道路上,您钟爱为人类造福的中医事业;在弱肉强食的旧世界,您笃爱自己孤立无援的民族;在风雨如晦的年月里,您热爱古老文明的祖国。

祖父，哦，断我母乳的祖父，我爱您！

新疆人民广播电台的师歌同志告诉我，他们台请张家声先生来朗诵《祖父》时，到了最后一段，录不下来了，张家声哭了。

素不相识的同民族大哥张家声先生理解我，我感谢他。

《祖父》获山东省最高文学奖后，山东文学杂志社约请孙昌熙教授对此文发表专评。孙先生那大学问家手持利刃，竟从学生习作中剔出了“艺术魔杖”，使我受宠若惊。中央民族学院（今中央民族大学）白崇人教授的专评则更多地强调民族性，他还在文章中创造了一个前所未见的新名词——“族格”，以之和“国格”“人格”并列。人们总的看法是：《祖父》比获全国少数民族文学创作奖的《煎饼花儿》更上层楼。老实说，我当然没有评论家分析的那样高明，聊以自慰的是，我写我之该写，爱我之所爱，纵使只是一棵不起眼的小草，却有幸生长在丰厚的民族土壤中。

《祖父》中出现的鲁中军区第二军分区副司令员冯毅之，是左联时的作家、鲁迅的学生。1981 年做山东艺术学院院长，培养出彭丽媛等艺术家。他对我说：“我本以为你写不出你祖父的。那老人有很深的内涵。看来，还行。至少很真实。”另一位院长——上海中医学院（今上海中医药大学）的王玉润教授则说，他对《祖父》有特别深刻的印象。

我向父亲转述这些老前辈的话，不无得意之色。知识分子通常要在广庭大众之前做深邃谨慎之态、庄重高雅之状，回到家中，免不了露出虚荣心这狐狸尾巴。

父亲说：“那篇《祖父》，只不过多多少少写出了一点儿皮毛。”

兜头一瓢冷水！多么留有余地、字斟句酌：“多多少少”“一点儿皮毛”！

大哥说：“祖父当面痛斥汉奸‘鲁南道尹’，你怎么没写？祖父用最忌用的药治咯血，你怎么没写？”

大煞风景，好像我捡了芝麻丢了西瓜。

“爷爷那老封建成神仙了？你们自己写去！”我只好向慈父老兄耍赖放刁。

我家中老父是中医出身，七兄妹另外六个念的都是理工科，我这个学文的便陷入数理化重围中。我对他们的事业没有发言权，我一碰哥哥姐姐的书，马上就被讥为“山羊看广告”。他们却个个在我面前充当文学批评家，对我横挑鼻子竖挑眼。最小的妹妹有一次这样谈我在一家大报做头题的文章：“姐姐以后缺几十块钱花，尽可以来找我，何必浪费脑细胞写这个？那叫什么玩意儿？连我都没脸见人。”小妹倒喜欢《祖父》，虽然她出生时祖父已魂游太虚。

对我来说，《祖父》作为一篇散文，也算可以了。而对于老父和长兄，还远远不够。我有什么办法？他们同祖父朝夕相处、耳濡目染，祖父的一言一行、一颦一笑都活在他们心中。

2002 年 5 月

父亲的痕迹

父亲离开人世最初几年，我常梦到他。如果在济南，就梦到他是个病卧在床、瘦骨嶙嶙的白胡子老头儿；如果外出比如到满洲里、乌鲁木齐，父亲就是个健康快乐的中年人，像 1952 年代表华东地区少数民族国庆观礼团在怀仁堂向毛主席敬酒时的样子，像 1964 年赴京参加第三届全国人代会的模样。

大姐说，这是父亲不放心你一人外出，所以跟着你。她还说，她出差时，父亲也跟着她，每次都跟。我却不相信，如果父亲对我们如此不放心，他怎么还是离开了我们？

“你为什么不写父亲？”姐姐指责我。

“等我能替父亲脸上增光时。”我说。

这不过是我怕写不好的挡箭牌，按这个标准，我就永远不要写。不料，有一次大姐原话照说，回答一位父执问为什么我至今还没写父亲，惹得我自己都觉得浅薄，差点儿没晕过去。可我仍然没有写，甚至青州史志办公室的人让给市志写父亲的传记，而且不限字数、不限题材、不限写法时，我仍难以命笔，因为有好多问题不好处理。例如，怎样写父亲入党的事？为什么老爹当了一辈子民主人士，后来是“山东省无党派首席民族人士”，要离开人世时，却以七十五岁高龄入党？在父亲那样的年龄和地位，即使仍继续工作，党员不党员的也无所谓了。他老人家却一定要名正言顺地做布尔什维克！而且当省政协秘书长到他病榻前通知他已被接纳为中共党员时，父亲热切地问：“我的预备期从什么时候算起？”回答是：“您没有预备期。您早就符合条件，不过因工作需要留在党外。”父亲热泪盈眶，惹得一个第三代小家伙说了句近于反动的话：“用得着吗？真事儿似的！”

“我们这些人都不如父亲！”家人常说。

在哪一方面？学术上？父亲和祖父虽是青州两代名医，却没有多少著述传世。在官阶上？父亲更不曾位极人臣……是的，是在人们心目中，特别是在平头百姓心目中。

省政协一位青年背了一架照相机把父亲追悼会全过程拍了下来。后来他如数家珍地说：“马老的追悼会到了八位省长，六位大学校长，三位八十岁的教授，还有‘活包公’方荣翔……送葬的汽车占满了英雄山停车场……”

按照讲究规格者的看法，父亲备极哀荣，可以瞑目了。说那样的隆重、气派，我一点儿也不在乎，倒不是实话。父亲既然在政界干了大半辈子，倘若地下有知，不可能不在乎这盖棺论定的最后形式。何况追悼会上大部分人是自发而来，还都情不自禁地痛哭流涕，特别是“文化大革命”中整过父亲的人，说祖父是“土豪劣绅”的人，批判父亲是资产阶级臭知识分子、把七个孩子培养成修正主义苗子的人。那几个处心积虑让父亲恰好在 1967 年春节前夕被扣发工资却永远被我们很客气地称作“叔叔”的人，在父亲的追悼会上如丧考妣痛哭流涕。当时我很震惊，想起在父亲肯定“预后不良”、大哥转弯抹角问父亲后事安排时提到要不要开追悼会，父亲说，我的事要按党组织有关规定办，如果需要开，一定请某某和某某叔叔（几个“文革”造反骁将）参加。到底是父亲早已“费厄泼赖”（不用不正当的手段），还是未卜先知某某们肯定会在被他们残酷迫害者灵前良心发现，还是向他们表示：错了的是那个时代，不能全怪他们？虚弱得无以复加的父亲竟然有那样的气度、襟怀和周到的考虑，颇让我吃惊。父亲的追悼会后，不知是因为“响当当”意料之外的灵前痛哭还是别的什么，我们同那些残酷迫害父亲的人的历史旧账从此烟消云散。

我常为了父亲机关的同志在追悼会上的表现而感动。政协许多办事的人，没有受人差遣、完成任务的做派，而是像家属子女那样哭得泪人儿一般。机关会计还讲了这么一件事：政协年龄最大的副主席王哲，在马老追悼会开罢好几天，忽然拄了拐杖到办公室说：“我虽然参加了对马老的悼念，可是没有在他那个签到簿上签名，像马老这么个好人，我怎能不在纪念本上签上我的名字？我现在来补签一个名。”

更使我伤感的是没有也不可能收到讣告的人的一些表现。

一位煤店的小营业员听说马老去世，很难过地说，如果早知道，她怎么也得去送送老人家。

父亲和一个煤店营业员有何相干？我们大为奇怪。

原来“文革”中有一天父亲去写煤本，煤店营业室在小窗口营业。父亲把钱递上去后，营业员说，少十块。父亲惊奇地说：“我交的钱够啊！”营业员火了，吼道：“你这么大年纪，不讲理？”那时十块钱是普通大学生半个月的生活费，也是营业员月工资的三分之一，营业员当然得理论一番。父亲一听，连忙道歉，说：“对不起，可能是我数错了。”立即补交十块钱。下班时营业员清理房间，发现有十块钱掉在窗口下边。她连忙根据送煤地址找到了父亲所在的机关，一问之后，大吃一惊，说：“老人家还是高干？怎么脾气那么好？受冤枉还那么有修养？”

事后父亲却说：“我算什么高干？我不过是个普通医生，草木之人。是那孩子心眼儿好，若是她为了维护自己的威信，发现了钱也不更正，我岂不成了老财迷？”

不打不相识，两个完全不同的人成了忘年交。

当年和父亲一起在青州工作的一位阿姨在父亲去世后，说父亲的好处，说了一大堆，突然冒出一句话：“早知道马老不行了，把他的药方留下呀！”

几十年前，那位阿姨有不孕症，已做副县长的父亲就用家传秘方给她夫妇二人治病，还亲自给他们找缺药，结果他们有了一儿两女。无巧不成书，现在他们的女儿也有不孕症，还没来得及找马伯伯治呢，老人已驾鹤西去！

有多少人在生病时想起父亲？说不清，有很多人家，尤其是回民区的人，保留着从前父亲给他们开的药方。有病时就再拿出来用，好像那是万应灵药。

父亲从新中国成立初期就不当中医了，却几十年一贯制，经常给人看病，他下乡去“四清”时还治好了许多久治不愈的病人。济南很多回族贫民都找过马主任（父亲长期担任省民委副主任）看病。有一次，一个被大医院宣布不治的老太太被父亲治好了，就让孩子给送了些回民糕点来。父亲如临大敌，马上命大姐算算那些糕点的价值，加倍买东西送回去。大姐说，是不是也送点心？父亲说，不，给回民区的群众买的要实用，买鸡蛋吧。于是，他的病人相传相嘱，从不给马主任送礼。

父亲做医生做得最成功的当然是给母亲看病。母亲在 60 年代就被大医院宣布为冠心病后期，可是父亲不屈不挠地坚持用中药给母亲治了二十几年，自己开药方，自己掏钱，自己上药店取药，有缺药，就当场另换。母亲患心力衰竭，还又坚持了十几年，直到父亲去世后四年，她老人家才与世长辞。

父亲去世后，我尽量不上他经常取药的泉城路宏济堂药店，那总会让我想起当年第三代小家伙病了时，老人家亲自去药店取药、与营业员谈笑风生的情景。有一次，因为其他药店缺药，我不得不去宏济堂，营业员用令人泪下的语气说父亲，好像说自己故去的老人。他们说，他们现在中午仍然在马老帮他们安排的食堂吃饭！老头儿居然替药店营业员找食堂，我听了，惊讶至极。

常驻我心中的，是些十分琐细的事，感伤而近于迷信的事。

我总不能忘记，我至今不知姓名的青州阿訇和教民自发给刚刚“无常”的马县长隆重开经。人们说：这清真寺是马县长领着修好的啊！

故乡群众对父亲的种种不同称呼联系着他为大家做的许多事儿。解放前回族群众多半做小买卖，生活“三没底”：明天有没有钱吃饭心里没底，卖菜的筐破得没了底，脚上的鞋磨得没了底。那时，名医“马胡子”总是无偿地给穷苦回族群众看病。解放初，县人民代表大会马主席又组织起“没谱儿”的教民办“伊光织布厂”，织布厂成为齐鲁大地上率先发展起来并卓有成效的少数民族自救组织。不久，剃掉长胡子的马县长鼓励回族青少年上学参军就业，改变了回族群众落后的文化状况。50 年代中期，淄博金岭镇因婚姻问题发生民族冲突，回汉两族不明真相的群众和民兵分列大街两边，手里都拿了枪，剑拔弩张，一场大型枪战一触即发，省有关部门考虑到民族矛盾只能请民族方面有崇高威望的人士出面解决，遂急如星火地调请邻县马县长到现场。父亲临危受命，奋不顾身地穿梭于两边荷枪实弹的群众中，进行有理有力有节的说服教育，分析厉害，化解矛盾，终于避免了一场恶性事故。当地群众绘声绘色说“马县长化干戈为玉帛”，像说英雄传奇。人们还将临危受命、舍己救民说成是“马家门风”——父亲的祖父既是武秀才又是著名的伤科医生，曾为一个绿林好汉治好重伤。当这个绿林好汉兵临青州城下向知府“借粮”时，青州古城面临屠城之灾，马老先生不顾个人安危，缒到城外，说服绿林好汉退兵，保护了四乡黎民，成为古城青州一段佳话。

一些国家领导人对父亲的称呼则在山东传为美谈并被党史和民族工作者载入史册：1952 年父亲进京观礼，被推举在怀仁堂向毛泽东主席敬酒，周恩来总理见他长髯齐胸，赞曰：“真是美髯公。”父亲叹曰：有关老爷在，我怎敢当此名？周总理在延安时才是真正的“美髯公”！ 80 年代，中共中央总书记胡耀邦到山东视察，亲切地询问：马老，您跟马本斋是一家吗？父亲谦曰：我是个普通回族中医，岂敢让总书记以“马老”尊称！

父亲入殓是在深秋，按季节说已不可能打雷了，那晚忽然骤雷大作，暴雨急至。第二天，一位回族医生说：“马老归真，雨打新坟，保佑后人。”这话令我感动不已。我知道，回族群众只对德高望重的长者才肯用“归真”二字。

父亲住院两年半，他跟医生、护士、病友打交道的事深深印在我脑海中。

父亲追悼会留下的照片中有一个给父亲治了两年半病的医生、胸科教授赵崇伟。其实，是你当医生的没有把病人治好，你来参加追悼会总有点儿尴尬。可是赵崇伟却心怀坦然地参加父亲的追悼会，拉住我们的手，哭得涕泗滂沱。我们做子女的心里更清楚：如果没有大夫们的全力救治，这追悼会大概两年前就举行了。赵大夫当面对老爷子的称呼是“马老”，背地里却和我们这些没上没下的子女一样，亲切而随便地称之为“老头儿”。因为他是地道的北京人，那声“老头儿”就格外悦耳，透着亲切。有人告诉说，赵大夫把“老头儿”的病例作为治疗范例到联合国教科文组织的会上报告过了，因为那类病人在先进国家也只有几十周的存活时间，而老人却活了两年半，这当然依赖赵大夫的妙手回春。这胸科教授可真是个认真负责的好人。父亲手术后住在观察室，他总是天一亮就跑进病房观察病情，父亲度过危险期，赵大夫用哄小孩儿的语气说：“马老的胡子太长了，明天刮一刮，我也一起，刮个精神焕发。”他还通情达理地允许父亲在有生之日，在化疗间隙不定期地回家享受天伦之乐。父亲恰好在家期间有了胸水而医院偏偏没床位，赵大夫就亲自跑到家中为父亲治疗，用一个长针管把胸腔积液抽出来。随我进修的美国博士生恰好跟我回家，看到那个抽胸水的场面，大为惊奇地和赵大夫用英语说了好一阵子，然后问我，像这样出诊要多少钱？听了“一分钱不要”的回答，美国女博士生的绿眼睛瞪得溜圆。

1985 年 10 月 23 日下午，省立二院干部病房向山东省委紧急报告“马老病危”。省人大常委会副主任徐建春，省政协主席李子超、副主席周星夫，省委统战部部长金宝珍到病房看望我父亲。病房出现生离死别的感人场面：

父亲用最后力气说：“我给党做的工作很少，党对我关怀备至。”

李子超大声说：“你是党的好干部！”

周星夫接上说：“是人民的好干部！”

金宝珍忍泪说：“是民族的好干部！”

李子超又说：“山东的党组织忘不了你！”

周星夫又说：“山东人民忘不了你！”

金宝珍又说：“山东各民族忘不了你！”

对于父亲这样一位极重名节的老人，省委、人大、政协领导的当面嘉奖，不啻生前听到自己的悼词。他脸上露出坦然的笑容。几小时后，父亲飘然而逝。

父亲深度昏迷后，让他两年来痛苦不堪的剧咳终于停止。那天深夜，七兄妹围坐在他的病床前，大姐时时蘸了独参汤给他拭口腔、舌尖。突然，护士长用消毒盘托块白纱布跑进病房，气冲冲地说：“我得把马老的嘴蒙上一点儿，他这样呼吸，太干燥了！”说着，她眼中含着泪水，用镊子将纱布夹起，用热水烫过，再晾得近于体温，轻轻给父亲蒙到嘴上，给一位深度昏迷的病人减少一点儿痛苦，一点儿也许病人自己都已感受不到的痛苦！为了这一件小事，我永远感念这位心肠像水晶一样的护士长。

父亲逝后，护士长常对人们念叨：马老从不让护士为难，有时候，老护士忙不过来，年轻护士给他输液，要扎好几针，老人家非但不责备护士，还说，我的血管真糟糕！马老咳嗽得厉害，医生不得不给他开带麻醉成分的止咳药，嘱咐一日三次服用。但他白天不用，集中到晚上用，这样可以不影响其他病友休息，却损害了他自己的身体。医生说了几次，你病成这个样，首先是减轻自己的痛苦，不要考虑影响不影响他人！马老就是不听！护士长感叹：从没见过这么自觉的病人！

父亲逝世后，跟中共中央统战部部长、全国政协副主席杨静仁的唁电一起到达的，有很多唁电、唁函，我印象特别深刻的是著名京剧表演艺术家方荣翔抱病用毛笔写的唁函。

父亲住院时和“活包公”方荣翔住同一病房。那时方荣翔刚做了冠状动脉搭桥术，正在恢复期，医生严格限制他外出活动。父亲临危那个傍晚，我们都不吃饭，方荣翔轻轻推开父亲的病房门，亲切地问：“这边坐得下吗？你们轮班上我那儿休息一会儿，吃点儿饼干？”我们认为父亲和方荣翔是同病相怜的病友，父亲逝后，怕他伤心，就没给方荣翔发开追悼会的讣告，估计医生也不会同意他参加追悼会。没想到，追悼会照片洗出以后，我竟在人群中发现了方荣翔！原来，这位京剧名家没去贵宾休息室，悄悄去了，悄悄祭拜，又悄悄回到他们的病房。这事可见出方荣翔为人之质朴。实际上，追悼会还没开，我们就收到了方荣翔用毛笔亲笔写的工工整整的吊唁信：

唁　函

山东省第六届人民代表大会常委马老不幸逝世，我表示沉痛哀悼！马老是我们一位可敬的前辈，我们共住一个医院数月，亲眼所见马老为人热情、和蔼可亲，他忍痛向病魔做斗争，尊医敬护，对病友亲切关怀，对我这个演员更是关怀备至，他对党总是感之不尽。他热爱党，关心人民和事业。我们失去了马老这位尊敬的老前辈，是极大的损失。向马老的亲属表示亲切慰问。向尊敬的马老沉痛哀悼。

尊敬的马老英名万古长青！

演员方荣翔　泪书

山医附院二西病房

1985 年 11 月 1 日

方荣翔何以跟父亲有这么深的感情？他们做病友期间经常谈些什么？方荣翔是怎么跟病魔做斗争的？我曾跟“活包公”约好要谈一谈。可是，我一直不敢去父亲住过的病房。一年后，方荣翔也因心脏病突发去世。

父亲去世后好久，仍然有不知凶信的人给他写信。有一位在沂南工作的人写了封非常动感情的信来，说解放初是马县长引导他参加抗美援朝，他从此走上了革命道路，现在他在沂南工作，因为民族习惯，孩子难以解决婚姻问题，希望老首长给以帮助……还有一位医生写了信来，说他的职称和房子因为马老帮忙，已经圆满解决了……

几年前我回故乡受到贵宾般的热情接待，颇有点儿“衣锦还乡”飘飘然之感，当现任市长给我敬酒说“为本县繁荣做出重要贡献的马楚珍老县长干杯”，我猛然明白：前人栽树，后人乘凉。

人们的热情主要并不是因为我是个写过几本破书的“猫儿眼”，而因为我是老县长的女儿！人们不断地来跟我回忆在马县长手下工作的日子，这个跟他办过城内第一座卫生院，那个跟他一起研究过专区运动会夺标，另一个说起马县长如何解决北城即满族聚居区若干问题……

人生如白驹过隙，转眼百年，许多相识和不相识者的心中都留下了父亲的人生痕迹。遗憾的是，父亲自己却不知道了。

2003 年 4 月

等

眼前一望皓白，云非云，雾非雾，似涌烟，似团絮。母亲飘飘摇摇地立于氤氲蒙蒙中：她，不是近年的白发萧萧，不是近日的病骨支床；她，满头青丝，娴雅淑静，若悲若喜。我忍不住喊了一声：“娘——！”

猛然惊寤，但见窗外天晦云暗，弯月斜挂。我恍然明白，这是因为母亲刚刚故去而凝想成梦，不禁失声而哭。大姐忙奔过来抚慰，又忍不住相持一恸，泪如雨下。

慈父长逝，四易寒暑。母亲又疾患缠身，药石无救，日渐衰损。8 月 20 日，母亲开始神志不清，静脉难以进针。大姐忙给远在山西长治的大哥拍去急电。两日之内，杳无回音。我们正心急如焚时，大哥的长途电话来了。刚听他在那边说了几句，大姐就怒不可遏地嚷道：“你医院太忙？等娘确实不行了再回？你要来就来，我不再打电话了，我没法确定……”

我连忙抢过电话，哽咽道：“娘回天无力啦！她像在等你。来见最后一面吧！”

一天后，大哥风尘仆仆而归。母亲居然又清醒了，一一认出绕床而立的子女，对大哥讲的诸事安排，准确无误地以点头、摇头置可否，旋即昏迷。大家叹道：“娘果然是在等她大儿！”

大哥十五岁离家进济南读育英中学，医学院毕业后志愿去太行山兵工厂。母念长子，却从不曾要求大哥归乡孝亲。七年前父亲病重时，大哥终于决心回鲁，偏偏晋东南地区抵死不放。父亲逝后数日，大哥在母亲榻前长跪叩别，泣道：“儿不孝，三十年了，不能还乡侍候娘……”母亲手抚两鬓染霜的长子，含泪笑道：“娘心里高兴，终究是山西那医院离不了我光儿！”

“娘的情况就这样了。”大哥阴沉着脸，吩咐弟、妹入座商量后事。

我气愤他的冷静，尤不能忍受母亲一息尚存而言后事，目眦欲裂，却不忍顶撞年近花甲、千里归来的大哥，遂冷冷地说：“怎么议后事？你们做儿子的还缺一个人呢！”

大哥前脚进门，三哥后脚离去。他工作的检验所委婉地商请他去开会，有关升国家级的会，主管高工必须参加。三哥犹豫片刻，眼圈红红地登车而去。

啥时候了还顾得上开会？离了谁地球不转哪？我在心中抱怨。三哥走时一声不敢吭，我也不忍心指责他。母亲住院，三哥每天下了班不吃饭，先去医院送饭，见母亲多吃一口，辄高兴得像捡了金元宝。我只是可怜母亲：这时候了，还得等！

母亲一辈子都在望穿秋水、无休无止地等！

1952 年三哥和大姐去外地上学。十二岁的三哥连行李卷儿都扛不动，母亲硬是撵他去赶火车。放假那天，恰火车晚点，母亲倚门望儿，泥塑木雕一般。两年后，我求学济南。邮递员对街坊说：“马大娘把那个掐了头不够一碟子的小妮儿轰到济南上学，自家天天等信！”

几年前我因儿子所在的学校课业抓得不紧，欲送他去我母校苦读，却又因母校素有“青州集中营”之称，怕儿子服不了苦。正首鼠两端，给母亲好一顿数落：“你一向愚拙！养只猫都惯得它趔着鼻子上脸。这么大的小伙子，圈到家里心肝儿肉！你让他去闯！苦不煞的孩子，饿不死的狼！”儿子顺利地升入大学，我也备尝离思之苦，不禁联想：当年母亲同时把七个子女送往天南地北时，是何心情？

1965 年夏，大哥在巍巍太行山行医，二哥在塞上白云下执教，两个妹妹分别在哈尔滨和青岛上大学，我和大姐、三哥由山东大学分配外地。一人一个旧木箱，一日之间各西东。父亲正巧进京开会，九口之家只留下刚查出冠心病的母亲茕茕孑立。那才真叫“傻得不透气”——父母子女，竟无一人思及请求照顾，哪怕留一人在父母身边。那年月，谁把“我”“我家”“我父母”抬出来，必为同学侧目；那年月，“祖国哪里需要，哪里就是我的家”，不仅是热血青年而且是白发父母的行动。我们不但不以远离桑梓为苦，还因为更苦的青藏、新疆被勇挑重担的同学捷足先登而抱愧！

度日如年地到了 27 日晚饭后，母亲的血压降至 50/30。几位医生断言：熬不过今夜了。兄妹们泪眼相看，魂魄若失。

三妹瑞真忽然面露难色，吞吞吐吐地说：“明天……是我新学年第一课……”

我像当头挨了一棒。我虽然把母亲临危时大哥忙心脏手术、三哥开电子会视为不近人情，却也深知，到点进课堂对于教师是神圣的。即便我这个欣赏孟德之通脱、五柳之超然、叔夜之倨傲的人，也从不敢在上课时“洒脱”地迟到一次。当然，调课也允许，但须经系教学秘书同意且提前一天通知学生。要命的是，离山东工业大学 1989—1990 学年第一堂课只剩十二个小时了！

兄姊们连忙催三妹返校，嘱她静下心熟悉讲稿，并叮咛：“路上骑车小心！”

三妹眼含热泪，拧了毛巾轻轻为昏迷的母亲拭面，然后，几步一回头地走了。

三妹走后我才想起，她难道不能请人代课？此情此境，哪位同事都肯挺身相助。转而一想，刻意自苦，咬牙尽责，才符合三妹一向的为人。

1958 年，父亲接周总理任命到省城供职，阖家迁济。中学老师却挽留三妹，说她又红又专，该留下为母校争光。真真滑天下之大稽：县长能调走，少先队大队长不能走？十三岁的三妹拿着鸡毛当令箭，母亲竟同意她留下。两年后，三妹被保送高中，母亲对她说：“保送就是高看你一眼，还能牵着不走，打着倒退？苦就再苦三年。自在不成材，成材不自在。”三年困难时期，三妹始终在故乡苦读。一次，父亲一位老同事到济南讲起家乡中学出现了浮肿病，到底血浓于水，母亲垂泪道：“是我这个老嘲巴（傻瓜）苦了那个小嘲巴！”

“嘲巴”这个青州方言很传神地概括了清教徒般的残酷自律，在我的老师前辈、同学同事中，“嘲巴”又何其多也！总以为一堂课、一台手术、一个二极管三极管多么重要，因之布衣穷居而不忧，草野泥途而不怨，见宵小以毛发丝粟之才青云直上而不羡。

真正迂腐得可叹，鲁直得可笑，憨戆得可怜！

十亿神州，总不能人人配紫怀黄、个个腰缠万贯，总还得靠绝大多数人老老实实种田，扎扎实实做工，踏踏实实授业！以中国之大，也自能容得一部分寒士布衣菽食潜心学业，以“迂腐”为美丽，以“鲁直”为美妙，以“憨戆”为美好。

三妹走后，我在心中暗暗祈祷：娘，您千万再等一次您那少小离家的三女儿！无奈，三妹走后五个小时，28日子时，两滴辞世清泪从母亲眼角潸然而落。我攥住母亲渐渐冷却的手，肝肠寸断——

这手，再也不能为儿女缝单絮棉、涤垢濯尘了。幼时邻居阎大叔常说：“躺下睡一觉，还听见马五嫂抖晾衣裳；鸡叫头遍，她那风箱又响了！”

这手，再也不能为儿女煮饭烙饼、烧菜做羹了。母亲以全部精力待我七兄妹，其茹苦劬劳，甚于割肉喂鸽、舍身饲虎的高僧。

这手，再也不能抓起家伙敲打我们这帮“不长进的家伙”了。母亲自幼被外祖父充作男孩教养，送进后来去台湾的赵明远将军之家塾读书。常羡花木兰、慕黄崇嘏，终因子女牵累困于家中，唯有寄望于儿成峰陵、成钟彝，女成芝兰、成珠玉。其实，母亲的杖责举重落轻，完全不必小杖受、大杖走。重要的是当众受杖的耻辱，是违背认认真真读书、堂堂正正做人之家训的愧疚。母亲眷之深而责之切，打是亲、骂是疼，笞罚扑责是爱的洗礼。尔今思之，能受杖而泣，何等幸福！

这手，再也不能以鱼书雁信寄远方儿女了。邢台地震后三日，我在北京收到母亲手翰，说父亲下乡了，唯她一人在家，正在房中洗脚，忽见天花板上电灯乱晃，慌忙赤脚跑到院中，不禁惦起星散四方的七子女。信末却声明，济南已无余震，“你不须返家”，嘱我用心把第一篇科学家特写写好，“学有所用，即为孝顺”。

这手，再也不能扭开收音机，听《大保国》《赤桑镇》，再也不能翻旧书，与儿女论古今了。数年前，母亲指着她客厅挂历上的一幅大篆，笑着对我说：“你都这么大了，字还潦草得像狗爬，都因为小时贪看闲书不好好描红。这字，认得不？”我赌气道：“谁不认得？这是《礼记》的‘天无私覆，地无私载，日月无私照’！我还认得这个书法家呢！”母亲见我逞能，哂笑道：“哟！我二妮筐里哪有烂杏？就是拿勺子舀着卖！”说来惭愧，释词解义固我本行，那“三不私”的蕴含，我却终生未必参透！

黯然销魂者，唯别而已矣。我抚着母亲体温尽失而依然柔软的手，默念，娘，您起身奔往真主的天堂之际，请回眸一顾，听儿一言：谢谢您从母爱醴泉赐儿的点点滴滴幸福水，祈盼慈母魂魄来入梦，儿重依膝下，为一生倚闾盼儿，等得太久、太苦、太累的娘亲，揾离别泪！

1991 年 9 月

马老太语录

我的《等》发表不久，去参加一个会议遇到了部队作家李心田。他说，我看你在《人民文学》回忆母亲的文章，好受感动，眼泪不自觉地掉下来。我听了，又高兴又难过。高兴的是心田这位我尊敬的前辈作家能为我的文章感动；难过的是，即使再好的文章，以失去母亲为代价，任何一个作家都盼望写得越晚越好啊。

我在那篇文章中引用了母亲生前常说的许多话。后来有人告诉我说，老作家赵鹤翔便常引用文章中母亲的话告诫到他那儿去的青年作家："马老太说，'自在不成材，成材不自在'。你们好好记着。"后来有的青年作家就把这话风趣地叫作"马老太语录"。我听人来告诉我这些事，心中也是又高兴又难过。高兴的是母亲她老人家去了天堂以后，居然意外地教育起素不相识的青年来；难过的是，再也听不到母亲那些充满智慧和风趣的话了！

我常想如果母亲做作家，一定比我做得好，她判断力特强。

新中国成立之初，父亲做益都县副县长时，回家说县府发生一件命案。有个科员的家在城外，他不是每天回家，家里只有妻子和儿子。一天清晨，邻居发现科员的妻子给人杀了，赶快跑来通知他。

“他的儿子呢？”母亲忙问。

“儿子没事。”父亲说。

“赶快把科员抓起来！杀人犯就是他。”

“公安局没怀疑他，说是可能是科员的仇人杀的。”

“仇人报仇，必定先杀儿子。不孝有三，无后为大，叫人断子绝孙是最好的报仇。杀妻留子，只有他本人会这么干。”

“他为什么要杀自己老婆？”

“一定是他要离婚，老婆不同意，他只好把老婆杀了。他比陈世美强点儿，杀妻不灭子。陈世美不是到底还没做上驸马嘛。”

父亲回到机关把母亲的话说给公安局的人听。解放初离婚成风，但是为了停妻再娶而杀人，在善良的人心目中还只是戏文上的事，大家都把这当作一件马老太看戏看出的笑话。那个仇人也一直没查到，案件不了了之。两年后，已娶了新妻子的科员吃醉了酒，吹嘘说：“咱干了件漂亮事，谁也不知道……”自己把杀妻子的事说了出来。

“一句俗话能断的案，拖了两年！”母亲叹道。

哪句话？母亲说：“虎毒不食子！”

母亲很善于形容人的躯体形象、语言动作特点。

有一次，我在家中洗头，父母姐妹们在一边说话。忽然，母亲咯咯地笑了起来，说：“蝎虎连子爪儿！蝎虎连子爪儿！”

母亲用手比画着说：“二妮啊二妮，这么大的脑袋，这么小的手！”

大家一愣，然后大笑，说母亲对这双手形容得再恰当不过。想想看，那壁虎的爪子能有多大？如果一双本来不大的手在一个相当大的脑袋上搓来搓去，会产生什么对比效果？母亲就生动地把当时的情况如画一般地说了出来。从此，“蝎虎连子爪儿”成为家中人说我的口实。

母亲接着说：“男人手大抓宝，女人手大抓草！”

可惜，即使有母亲的吉言，这么多年，我也不曾抓到什么宝。

我的女儿小时候长得小巧玲珑，个子小，手小，脚也小，还偏偏最喜欢一个只有半个手掌大的娃娃，叫她“小胖妮”，经常抱在怀里。母亲见了，喜不自禁地说：“真是小人小马小刀枪！”

父亲也受了这种影响，说：“真是个小仙家！”

青州人说很小的黄鼠狼是“小仙家”。

“小仙家”从此成为对女儿的通称，直到她长成比我还高的少女。

母亲和父亲一样，喜欢子女们凑在她的脸前嘻嘻笑笑，她还要把这种情形用故乡的俗话生动地加以形容。

当大家在那儿一个劲儿地争论某个问题时，母亲会笑眯眯地说：“真是鳖吵湾一样！”我至今不能明白，鳖是不能出声的，怎么能“吵湾”？

如果是几个女孩在那儿叽叽喳喳地说话，母亲又会说：“活像树上扑下一群山喳子（喜鹊）！”

我常常在听了大家的某个笑话时扬首大笑，母亲就笑道：“驴啸天！”

嘲笑我的笨是母亲的一种乐趣。

直到上大学时我还不会做针线活。有一次要钉一个扣子，见我穿上很长的一段线，母亲笑道：“真是拙老婆拉丈麻线！”接着她说，青州有户人家娶个媳妇，那媳妇晚上要给她的男人做鞋，她的婆婆听她“哧哧哧”拉了一宿，以为一定纳了不小的一段鞋底儿。不料第二天一看，只有两行！原来，这个媳妇穿上好几丈长的麻线来纳鞋底儿。她的功夫全用在来回拉线上了。

母亲还预言，二妮做了新嫁娘，会给她婆婆做一种“鸡刨豆腐”，就像青州某个儿媳妇：要吃饭时，她请教婆婆做什么。婆婆说做“鸡刨豆腐”，她就把豆腐放到鸡笼子里让鸡刨了……

“鸡刨豆腐”的做法是：把新鲜香椿芽和凉豆腐置入盆中，捣得十分细，宛如给鸡刨过，然后拌上芝麻酱、精盐、蒜泥。母亲常常做给我们吃。

“幸亏是新社会，二妮这个笨劲儿，在旧社会非得让她婆婆给送回来不行。”母亲叹道。

母亲常用鸭子带蹼的脚来形容说“二妮的手是不分丫的”。她以一种欣赏口气说她的几个女儿都“笨”，不会做家务活、针线活，只会念点儿书。母亲说“手不分丫”，说“拙老婆拉丈麻线”，说“让她婆婆给送回来”的口气近乎赞扬和炫耀。她从不教哪个女儿做饭、缝纫，她说这些妇人的活是不用刻意学的，只要你有一颗爱心，到时候都会做。母亲像对男孩子一样要求每个女儿上学都得不落人后。我在上大学时还是用功的，成绩也好，上到第三年时还是全优，父母很为此高兴。不料三年级第一门考试破天荒出现“良好”，我沮丧地回家，很不好意思地说自己怎么走了麦城，父母听后应声各说一句话。

父亲笑嘻嘻道：“高才生旗开失败！”

母亲马上对曰：“常胜将马到垮台！”

简直是对仗工整的对联，马上成了三哥嘲笑我的口实，我至今记忆犹新。

母亲常用比拟来说话。这些话刚一听很新颖，仔细琢磨则意味深长，很值得我们像贾宝玉听了薛宝钗的话一般，好好地参一下禅。

母亲说一个人投错了门路，是“投军投了张士贵”。张士贵是 20 世纪三四十年代山东一个军阀，专门贪污军饷。

母亲说一件事处处不得法，是“不是驴不走，就是磨不转”。

母亲说一个人说的事互不相干，是“桑树上打一棍，柳树上去了皮”。

母亲说不下决心办不成事，是“舍不得孩子打不得狼”。

母亲说一个人的某种品质本来隐藏得很严，后来却显露出来，是“割了秫秫，显出狼来”。

母亲形容人的互相矛盾常用她幼年故园中的故事。她说，姥姥家住的东关有给人取绰号的习惯，有一个刘姓卖鸡的人扬扬得意地说：“咱们东关谁都有外号，就我刘二母鸡没有！”

母亲挖苦不关心他人、只顾自己小家庭的人，是“上炕认得老婆孩儿，下炕认得袜子鞋儿”。

改革开放之初，当工资还是生活唯一来源时，我已经能多少得点儿稿费了。虽然低得可怜，毕竟有了点儿。但我的钱常常是孔乙己的茴香豆——多乎哉？不多也。大约是乱花钱的缘故（也无非是买书之类。有时还买一些根本不适合自己体形的衣服，后来只好送人），父亲病重时，每当我提些吃的回家看望时，父亲总说这些东西都不必要买，然后就叹：“散财童子！”

母亲笑说，二妮是怎么也存不下钱的，这是回民的特点：“大回不过百，小回不过十。”

据说回民的特点是有多少钱花多少钱，富有的回民手中不会有超过一百块的钱，贫穷的回民则干脆不会超过十块。这倒颇像是美国人的超前消费了。

父亲为我不会理财忧心，说：“二妮啊，总得多少存一点儿钱以备不时之需。”

母亲笑道：“不用存。二妮是‘金腿银胳膊，能挣能哆嗦（乱花）’！”

外子（妻对夫的称呼）听到母亲这样说我，惊喜地说，除了王熙凤说贾琏的“油锅里的钱也得捞出来花”，他从来没听到比这更生动的形容人如何对待金钱的话。

1995 年 8 月

遗 产

父亲住在干部病房时，我们常常听说哪家哪家的孩子为了遗产而打起来。有一次，我认识的一位领导干部来住院，住在父亲病房的隔壁，我要去看他，父亲先嘱咐了一句：“到那儿别问是怎么病了的！”我很奇怪，后来才知道，那位贵为省长者竟然是因为儿子和女儿争字画当场打起来气病的！父亲便说，还是我这样的好，两袖清风，儿孙不会为重器多、分赃不均打起来！

父亲的后事办完，和母亲一起生活的大姐对大哥说，你们太行山冷，你把父亲的猞猁皮大衣拿走吧。父亲还有一双没怎么穿的毡瓮子（用硬毛毡做的宽宽大大的鞋），你也拿去穿。

大哥说，我有呢子大衣哩。他走时，双手捧了沾有父亲余泽的毡瓮子下楼，边走边看手中的毡瓮子，眼泪啪嗒啪嗒地落在上面。五十五岁的人哭得跟个孩子似的。大姐说，天挺冷的，你把爹的大衣穿上！硬是把父亲的皮大衣给大哥披到身上。大哥回到他工作的地方后不久，又把那个皮大衣捎回来了，说这是个值钱的东西，家里有六个弟弟妹妹，他是老大，不能要。那毡瓮他好好放着也没穿，一看到它，就想到他小时候，父亲在滴水成冰的日子，半夜时分还坐在书房里看书，每天都拿着毛笔一分一厘地算家庭日常开支账目。一个没有房产没有资财、只有妙手回春的名气，老父母在堂、七个“挨肩儿”子女得吃得穿得上学的中医，父亲身上有多大的压力！

大哥常常说起父亲一些事。大哥是长子，按家乡的习惯，他早就该“下学”当学徒为父亲分忧的，但是父亲在孝养年迈的祖父母同时，硬是把九口之家独自担起来，让大儿子到济南上育英中学。育英中学富有的学生下馆子吃饭，进食堂的只有所谓“没谱儿的”，那儿只有高粱面窝头和咸菜。有一次，父亲到济南，看到大儿子又黄又瘦，就对校门口的饼铺说，以后让这个学生来你们这儿吃饼，你们记账，我年底一块儿付钱！大哥从此进了吃饼阶层。那阵子的买卖人也实在，一点也不会多记。后来大哥上医学院就好了，享受人民助学金。大哥毕业后不久，结婚生子，当上了不大不小的官儿，正所谓如日方升，却长起一种很奇怪的病，全身淋巴结肿大，上哪儿也查不出原因。他们单位让他到青岛疗养，暗地里却和父亲打了招呼：大医院说你儿子得了阿杰金氏病了，就是恶性淋巴癌。父亲好几天睡不着，在那儿谋划：儿子眼看要死了，得把孙子接回来，好减轻儿媳妇的负担，她还年轻呢，路子长着呢……父亲想来想去，觉得事情不能就这样认了，于是，他把大哥从疗养院叫回家，自己给他治，不久，大哥回去上班，没事一样。于是大医院的医生说，误诊了误诊了！癌症哪有治好的？父亲听了笑道，我也希望是误诊呢。

父亲去世四年，母亲也驾鹤西去。大姐说，你们做儿子的总得有人把老爹的皮大衣拿去吧，哪怕做纪念。二哥三哥都说对皮毛过敏，硬是把大衣塞进大哥的皮箱里，还说，这大衣父亲已经穿了几十年了，外表换了好几次了，早就不值钱也不暖和了，只算是个念想呗。父母的毛料、真丝衣服，让哪个穿，哪个哭得泪人一般，最后连父母用过的被褥一起送到回民区了。按穆斯林习惯，这叫“散”，是为父母积德。

大姐还住在母亲原来的房子里，她说，你们看着需要什么就拿什么吧。

“我要父亲的象棋。”我直截了当地说。

父亲的象棋是大哥在山西找朋友给做的，个儿大大的，还有一个大棋盘。父亲住院时还带着它。他和那几个住院的老头儿下棋，“活包公”方荣翔就在一边观战。几个得了不治之症的老人那么认真地下棋，那个动人的情景至今还留在我脑海中。我从小就爱看父亲下棋。新中国成立前青州有三个著名棋手，父亲是其中之一。新中国成立后省里象棋比赛的冠军曾慕名找父亲下过，结果是一输一赢一和。父亲是象棋高手，却乐意和我那个十岁不到的儿子下。那小子大眼睛深深凹进去，长睫毛，颇看得出有我们的阿拉伯血统。父亲临终前一周还抚摸着外孙的脑袋说：“我们怎么还有这么个阿尔巴尼亚？”“阿尔巴尼亚”和外公下棋时，得外公让掉一副车、马、炮才行。可是让掉车、马、炮也挡不住外公的小卒子过河直捣帅座。“阿尔巴尼亚”就耍赖说，姥爷，我不要这小卒！姥爷笑道，好，不要！

我希望要父亲的象棋是为了保存这段温馨的回忆。可是大姐说，不行。你又不是父亲的象棋传人，这象棋得给二哥。

二哥不要那件皮大衣还有父亲的那些好衣服，听说给他那副父亲用过的象棋，马上欢天喜地让他儿子来把象棋拿去了。二哥的儿子也是从小就做祖父的棋友！

我要走了父亲临终穿在身上的旧毛背心和母亲住院时用的水果刀。我把那毛背心装在塑料袋里，想把父亲身上的气味留下来，谁知过了不到十天，那种父亲特有的气味就消失了。母亲的小刀放在我的抽屉里，几年后还锋利如昔。有次我到外地去，外子好心让我带上，以便路上削水果，我立即蛮不讲理地大叫：谁也不许动这把小刀！永远不许动！

据行家说，父亲的家产中能多少值几个钱的不过几幅字画，恰好他生前已经玩笑般地指定了继承人。父亲指定给我一副对联和一个大中堂。那副对联是山东省委书记舒同 1962 年调离山东时给父亲写的。上边写的是“马楚珍同志　字形拽鸟迹，诗调合猿声　舒同”。我曾经在课间向陆侃如先生请教过对联的含义，当时就用按钉把舒同的字揿在父亲住所的墙上。“文革”中收起来了。1980 年又取出来。后来父亲分到新房子，我说，给这对联配个大中堂一起挂到新房子的书房里！有名的书法家于植元教授恰好来济南开会哩，让他写。父亲听了很高兴，马上亲自钻到楼梯底储物间找出祖父留下的玉版宣，说：你让于先生写你爷爷的遗诗，就写在这玉版宣上！我拿了舒同的字和玉版宣去找于教授。于先生把字展开来详细看过后，说，他还从来没见过把舒同的对联直接揿到墙上的主儿。这是舒同盛年的字啊，现在任凭谁找他，他也再写不出这个样来了。你这样对待舒同写的对联，中国还有哪个书法家肯给你写中堂？还有这玉版宣，差不多的书法家都不敢在这样的纸上写字！于植元在那儿埋怨我。我就来了个激将法说，那我只好去找我们蒋先生（维崧）了！那个聪明极了的于教授笑眯眯地看了我一眼，知道我是在和他捣乱，铺开玉版宣就龙飞凤舞地写起来：

未睹三皇世，却现五帝天。噫吁几千载，沧桑一变迁。

楚珍先生之先尊名中医德甫先生于一九四五年仲秋八路军进城之际赋此绝笔　楚珍方家嘱录

父亲看到那中堂，很喜欢，开玩笑说，等我走了，这对联和中堂就留给送去装裱的二妮，另外的书画谁勤快送去裱就给谁。后来有位山西的朋友来到家中，一见于植元教授的字，大喜，说，这是你们这个中医世家的传家宝啊。

我虽然很喜欢于教授的大中堂，但还是把大中堂给了大哥。如果说医学传家的话，只有大哥的儿子女儿是医生，但也不是中医。祖父和父亲这两代名医已经没了传人。

三哥说他要母亲的茶叶坛。

母亲是富家女儿，出嫁时陪嫁摆了一路。这个茶叶坛是她的祖父亲自去给她挑的，白色的底子，上边有粉红色的牡丹花和绿绿的叶子。母亲总是把它放在大条几上，每天都擦得干干净净。我们小时候，母亲用那茶叶坛放点心。她总要嘱咐大家说："点心放在这儿啦，不要随便吃！听见了吗？"几个女孩老老实实地说听见了。母亲又问："'猫'听见了吗？""猫"是三哥的绰号，"猫"也说听见了。待一会儿，"猫"就一块一块把那些点心装进自己的"猫"肚子里。母亲也再不过问。"猫"后来说，你们这些妮子全是些傻瓜，母亲那是给我暗号哩，让我饿了就去吃！有什么办法？母亲一点不掩饰"天下爷娘偏小儿"。

父亲住院时，周末按医生安排，回家享受已经不多的天伦之乐。父亲最喜欢子女绕膝说说笑笑，还常因一些“大逆不道”的话高兴得哈哈大笑。一天，“猫”边从茶叶坛拿茶叶边调皮地说：“等将来解散时，我就要这个茶叶坛！”

父亲听了大笑不已：“‘猫’说什么？解散？啊，树倒猢狲散！这只‘坏猫’！”他接着笑道：“人都说百日床前无孝子，这事不适用于我。我有七个孩子，一人一百天，再从头轮起！咦，是不是也有人盼我死啊？谁？莫非是这只‘猫’？”

大家便为老爹凑趣，笑道：对，正是这只“死猫”！就是为了“解散”时他好得到这茶叶坛！

于是房子里充满了笑声，好像这不是一个临危病人的家。

三哥的家现在是很现代的了，他的女儿先是有了电子琴，后是有了钢琴，而那个旧茶叶坛总是高高踞于电子琴或钢琴之上。我想他一定是借此留住“重男轻女偏心眼儿”的老娘和说他是只“坏猫”的父亲病笃时的笑声吧。

1995 年 4 月

煎 饼 花 儿

一

每当读到蒲松龄的《煎饼赋》——“圆如望月，大如铜钲，薄似剡溪之纸，色似黄鹤之翎，此煎饼之定制也”，我总有一种特殊的亲切感。

煎饼，是鲁中人民的日常食物，煎饼，引起我对童年——50年代的遐想。

鸟儿啁啾，天光方曙，哥哥姐姐就围在厨房门口，像檐间叽叽喳喳的小雀，嗷嗷待哺：

“娘摊新煎饼啰！”

“我要个黄斓*的！”

“我要个软和的！”

我不伸手。煎饼？摊得再好吧，能比得上对门油饼铺的酥油饼好？假如我坚持“绝食”，没准儿娘掏两百块钱（旧人民币）给我买一片很窄很窄的油饼。上小学的几员“大将”中，我最小，

* 鲁中方言，意即酥脆的。

常受点儿特殊照顾。如果我的“绝食”换来的却是“死科子*”的训斥，那说明娘连买青菜的钱也没有了。我只好去吃高粱煎饼。菜呢？自腌青萝卜。刚断奶的小妹一见煎饼就咧嘴号啕，被特许吃细粮。大家常向她翻以白眼——统购统销之初，细粮的比例是相当小的。

使我十分恼火的是，三哥创作了一幅漫画打趣我。他画了一个极丑的小妞儿张着豁牙的嘴啃油饼，还图文并茂，旁白曰：“这饼真香！”

家门口小商贩的奚落，更令我尴尬。

“咸渍渍，又酥又香的油饼哩，买块带着上学去吧，小姑姑？”卖油饼的汉子说。

“买俩热包子上学吧，小姑姑？羊肉煎包，一咬一包油！”那花白胡子又招呼道。

这些比我大几十岁的人一本正经地叫我“姑姑”，颇令我悻悻然。“拄拐棍的孙子，穿开裆裤的爷爷”，转弯抹角净亲戚。这本是回族人的特点，不足为奇，只是那花白胡子尤令我反感。从我记事，他就蹲在我家门口卖油煎包了，可直至我到省城上中学，我仍无从知晓，他那煎包究竟是不是“一咬一包油”！

对煎饼，我倒是也有好的回忆。当母亲的煎饼囤儿露了底时，她就把那些七大八小、零零碎碎的煎饼花儿，用油、盐、葱花炒得松软可口，大家吃起来，风卷残云，流星赶月，“脱一瞬兮他顾，旋回首兮精光！”** 那副形象，真是登不得大雅之堂。

---

* 鲁中方言，意是死妮子。

** 语出蒲松龄《绰然堂会食赋》。

哥哥姐姐却对煎饼深恶而痛绝。煎饼之制，“溲含米豆，磨如胶饧”*，推磨的角色是他们。头晕目眩也罢了，还常因此上学迟到。那位严厉得全县闻名的中学校长，在大会上怒斥不守纪律者，就把他们三人“金榜题名”：

“某某，他的妹妹某某，他的弟弟某某，要特、特、特别地注意！”

因为学了语法，哥哥姐姐知道这“特、特、特别”表达的是十分严重的语气，自不能等闲视之，更何况校长又每晨亲自把守校门盘查呢！从此，他们鸡鸣即起，天亮时已推完磨，背上书包走了。

油饼铺的汉子来劝母亲了：“过得这么艰窘，还上什么学？叫姑姑们下学吧！”

“我砸锅卖铁，也要供他们上学！”

母亲的“声明”颇有点儿“万般皆下品，唯有读书高”的意味。至于上学是为学本领，为建设社会主义，那是老师们教的、少先队学的，是中学校长“特、特、特别”指出的。

经济拮据，大家精神却十分饱满。东方未曙，分头上学；夜晚，争抢罩子灯下的“有利地形”，读书写字。逢年过节，就揣上两个煎饼，一起去扭大秧歌。二哥在队首开路，手持大钹，威风凛凛；余者身穿列宁服，腰系红彩绸，载歌载舞：

解放区的天是明朗的天，
解放区的人民好喜欢，
民主政府爱人民哪，

---

* 语出蒲松龄《煎饼赋》。

共产党的恩情说不完……

是啊，明朗的天！解放前，回民多是肩挑贸易，朝谋夕食，读书人如凤毛麟角。我家世传中医，算识文断字了，可父亲初中毕业就辍学了。我出生那年（1942），天灾肆虐，因为连煎饼也吃不上，父亲只好将祖房抵了高利贷。上无片瓦，下无立锥之地，摆在争食煎饼花儿的诸兄妹面前的前程，或许是推车卖浆，或许是烙煎饼、卖煎包，如那花白胡子……

沧桑之变，解放了！土改中房子回来了，读书的权利也获得了。破屋足蔽风雨，兄妹你追我赶，大的读，小的也读，男的读，女的也读。“砸锅卖铁，也要供他们上学！”其实母亲有多少锅可砸？我们上学，靠的是人民助学金！

春苗逢喜雨，一日长三寸。解放区的天是明朗的天，瓦蓝瓦蓝的天。

二

生活渐渐好起来，来了母亲之谓“大乱钢铁”。曾点过哥哥姐姐名的中学校长向同学们宣布：“两年进入共产主义！”

我是高中生了。已懂得两道“加法”。马克思的：共产主义＝物质极大丰富＋觉悟空前提高。列宁的：共产主义＝苏维埃政权＋电气化。

现实生活跟导师的“加法”分道扬镳了。

“电气化”了，家中电灯的光亮令罩子灯退避三舍。只是我们都失却了争光抢亮的兴趣，在为“小高炉”夜以继日地搞运输。什么XYZ，什么氧化还原反应，什么卷舌音，全丢在九霄云外！

我曾一宿搬三趟砖，一次两块，行程四十里。食堂也实行“共产主义”了，地瓜蛋随便吃！于是，我有一道新的“加法”：共产主义＝一宿搬六块砖＋敞开供应大地瓜。只是我的胃不作美，吃地瓜吃得直冒酸水。于是我不无向往：什么时候吃上碗有油有盐的煎饼花儿，这“共产主义”竟不要也罢了。

母亲的锅终于砸了，并非为了卖铁供子女上学，而是装进老太太们自制的坩埚中炼“优质钢”，结果成了一堆青不青、红不红的海绵铁。

等到中学校长预言共产主义到来的岁月，地瓜已变成了“高档商品”。我们堂堂高等学府竟供应起狗也不予问津的“代食品”来。好在有中华民族的脊梁骨替我们承受“×分天灾、×分人祸”的重压，周恩来总理亲自下令提高了大学生的助学金、伙食费，大学里没出现饿殍。当浮肿病刚刚退却时，戎马终生的陈毅元帅又在广州会议上号召大学生向科学进军。振臂一呼，应者云集。我和哥哥姐姐都在家门口上大学。周末回家，又争抢台灯下的“有利地形”，有的读原子物理，有的钻高等数学，有的看《文心雕龙》……

那年考过了头一门课，母亲炒了些煎饼花儿，给三个吃够了“瓜菜代”的大学生过“开斋节”。大家边吃边议论考试。我因为把托尔斯泰的生年记错一年，俄苏文学能否得“优”，内心颇犯嘀咕。三哥又来讪笑我：“这叫旗开失败，马到垮台。你就是吃饭数第一，瞧，‘这饼真香’！”

我的脸腾地红到耳边，仿佛又看到了那幅捉弄人的漫画，那啃油饼的大豁牙。在我们这些读书人看来，学业上不能争光，是比懒与馋更为见不得人的。

物换星移，逝者如斯。1970 年，我那个见了煎饼就咧嘴号啕的小妹从医学院毕业了。她是七兄妹中的第七个大学生。我们则是回族医生家的第一代大学生。我们七人都曾抱着玫瑰色的理想去日夜攻读考大学。有的向往亲手发射中国第一颗人造卫星；有的企望成为当代的扁鹊、华佗，妙手回春，起死回生；有的憧憬下笔绣辞，扬手文飞，为民族文化平添春色。进了大学，更是人人矢志握灵蛇之珠，个个力图抱荆山之玉，五年寒窗，胼手胝足，朝咏外语于晨曦中，暮诵文献于华灯下……

然而，“十年浩劫”，国难民忧；造反有理，读书无用；“生儿不用识文字，斗鸡走马胜读书”*，“案后一腔冻猪肉，所以名为江侍郎”**。我的大妹妹是学自动控制的，毕业时因为是“刘少奇的党员”，被贬到县城，分配当营业员，据说，卖无线电元件对于五年制工业大学毕业生仍算“专业对口”！我们另外的人呢，或靠边儿站，或当“老牛”，或干“火头军”。一言以蔽之：臭老九。块然独坐，百忧俱至；瀹茗对谈，哀愤两集：你的计划成了水中月，她的打算变为镜中花，我的劳动付诸东流水……我百思不得其解：母亲用煎饼花儿、人民用助学金供我们读十七年书，难道是为了让我们跟在地富反坏右之后，忝列第九？我是何等的懊恼烦闷啊！

---

* 语出唐代陈鸿《东城父老传》中的《神鸡童谣》。意指生儿不用念书，只要会邪门歪道就行。

** 引自唐代民歌《选人歌》。姜侍郎指吏部侍郎姜晦，此人眼不识字，手不解书，对参加考试的人乱选一气，活像一块冻猪肉。

三

前天，小妹对镜纠正日语发音，忽然说：“我的下巴就是比我女儿的宽，归根到底，我也是吃煎饼长大的，咀嚼肌格外发达。”

“你闺女不至于见了煎饼咧嘴就哭了？”我揭她的短。

“她最爱吃煎饼了。”小妹笑嘻嘻地说，“可你看，人家吃的是什么煎饼？”

说着，她从桌上拿起一包塑料纸包装的糖酥煎饼。那是用小米加香蕉、菠萝、橘子、白糖制成的，是比一般糕点还要昂贵的山东名产。“文化大革命”前，只能从高级宾馆买到；现在，泉城处处可见，并成为小妹母女的日常早点了。

母亲不以为然，说：“如今，煎饼都成了甜的，咱可没摊过……”

变甜者岂止煎饼？还有我们的生活！闭门独坐，读书攻关；醇酒对酌，笑语绵绵：你提了讲师，我升了工程师，她入了党；你的论文得发表，我的设计已过关，她开始学第三门外语。一言以蔽之：学以致用，争做贡献……

我丢一块煎饼在口中嚼着，赞叹道：“香甜如饴，酥脆可口。这股甜蜜劲儿，真适合除‘四害’后咱们老九的心境。”

三哥又挖苦我一句：“这饼真香！”

大家哄堂大笑，又一致断定：这糖酥煎饼花儿不及母亲那有油有盐的煎饼花儿可口。

“为什么呢？”我很感兴趣地问。

有的说，这煎饼甜得发腻，失去了做鲁中劳动人民主食的资格，因为山东人不嗜甜。

更多的却说，因为母亲的煎饼花儿引起大家对“早晨”的联想。

不是吗？那阵子，我们吃煎饼花儿，我们抢罩子灯亮儿，我们穿补丁衣服，弟弟拣哥哥的，妹妹拾姐姐的，清贫朴素，甚至不免寒碜。可我们这帮黄毛丫头、毛头小子，恰如初生的新中国，奋发向上，朝气蓬勃！我们多想再揣上煎饼，哼着“解放区的天是明朗的天”去扭大秧歌！那或许会使我们对失而复得的教书、读书权利加倍珍视；那或许能令我们在大学讲堂、实验室中，在手术台上，更多地想到民族殷切的期望、国家复兴的重责……

不要忘了吃煎饼花儿的年代，更不要忘了连煎饼花儿也吃不上的年代吧。

1980 年 4 月

黄鼠狼的故事

小时候，家里的黄鼠狼真不少。我们把它叫作“黄鼬子”，认为它是极坏的家伙。

它偷鸡摸鸭，偷得极鬼祟又极恶劣。悄没声响地偷，它吃一只就够了，添上喂小兽，至多两只，可它钻进鸡窝后，一气咬死好几只，家人闻声去救，往往救下的只是死鸡。

它还会放臭气，一种特别臭的气，难闻至极。

它还能使人中邪。老人们常说，如果谁家的老嬷嬷突然开口说起死去人的话，说得惟妙惟肖，那就是黄鼠狼附体。后来，我知道，那是老太太们想发表意见又怕家人不接受，就刻意模仿死者的腔调，其实是障眼法。一些喜欢说三道四的老太太特别擅长这障眼法。

黄鼠狼浑身上下都是黄褐色的细毛，在阳光下闪着金属般的光辉。它拖着一条又大又长的尾巴，有一条亮丽的黑带自头顶一直伸展到尾部。黄鼠狼的眼睛很有神采，在黑暗中熠熠发光。

黄鼠狼是很不容易抓到的。老人们常说，它比老鼠还会“算”，实际上，是它的警惕性特别高，身手特别灵活。等我上了中学，从“动物学”学到，黄鼠狼学名黄鼬，是益兽。它是捕鼠能手，尤其善于捕田鼠，偷鸡只是偶然为之，而放臭气则是它保护自己的手段。它还是珍贵的毛皮动物。

可我小时候一点儿也不知道这些道理，而是真心相信黄鼠狼会使人“中邪”，真心恨黄鼠狼，因为它曾拖走我心爱的小母鸭。

老人们常说，黄鼠狼从家中搬走，猫从他人家迁入，都是“发家兆头”。

我有三个哥哥、一个姐姐、两个妹妹。大哥早就到济南读书，二哥成为兄弟姐妹的领军人物，我向来是哥哥的随从，总是跟在我称“小哥哥”的二哥身后，艳羡不已地看他如何喂养各种小动物，看他如何玩耍、如何顽皮、如何捣蛋，还有，如何打篮球。

有一天，二哥刚刚睡下，突然大喊大叫：“娘！我床上都是小猫！”

母亲过去观看，我们也慌忙披衣起床围观。果然，二哥床角出现了三只美丽的小猫，个头儿比拳头大不了多少，叫声也极细弱，看样子出生没有几天。三只小猫有两只黑白相间，一只黄白相间，胆怯地伏在那儿一动不动，睁着圆圆的眼睛，懵懵懂懂，惶惶急急。哟，它们是从哪儿来的呢？

大家正议论着，急见邻居的大猫蓦地跳上了二哥的床，嘴里还衔了一只小猫。它衔得极巧妙，轻轻衔住小猫后脖颈，小猫乖乖地一声不响。

“原来是猫儿搬家，这可是好兆头哟。”一位临时来家帮忙、颇像鲁迅先生笔下神神道道的“长妈妈”的亲戚说，“属虎的和属龙的孩子不要看了，龙眼狠虎眼猛，老猫会把小猫咬死的。”

属虎的大姐和属龙的三哥一听，就噘了嘴。我暗暗高兴：我是属马的，可以放心大胆尽情看小猫了。

母亲向来不相信什么先兆、什么报应、什么忌讳之类，她本来要把那窝猫给邻居送回去，见孩子们兴致都高，暂时容忍下来，又吩咐大家不要再看了，早点睡下，让父亲安安静静地夜读医书。

父亲总是很忙，尤其瘟疫流行时。他仪表堂堂，鼻若悬胆，眼窝深凹，大眼睛，长睫毛，有一部长及胸部的黑胡子。青州人都知道“马胡子”是妙手回春的名医，曾把许多人从死亡线上拉了回来。其实，父亲被称“马胡子”时并不老。他从三十多岁就蓄须，那时年纪大的中医格外受人敬重，也便于登堂入室为女眷看病。父亲的医术得祖父亲传，自然还要加上自己夙兴夜寐、刻苦攻读。

夜深人静，孩子们都睡下后，父亲就在他的书房桌前坐下来，先用毛笔在一个红格本上算柴米油盐账，看看是否入不敷出，然后，挑亮罩子灯，孜孜不倦地读《内经》《伤寒》……父亲读到什么时候，我们是不知道的，我们早已沉沉入睡，做着只有童年才有的玫瑰色的梦。大概，星星知道父亲的辛劳，因为它们一直在天空眨着眼睛，俯视人寰；大约，月亮理解父亲的勤奋，因为它已经在天空转了半圈儿，父亲却端坐书桌前一动不动……

知道父亲苦读的，当然还有母亲。她在院子里洗孩子们换下的衣服，涮衣服的水声、抖动衣服的晾晒声惊醒了邻居阎大叔，他对身边的大婶说：“马五嫂又洗衣裳了！一天一回洗，一洗一大盆，一洗大半夜，七个孩子，真难为她了！”

母亲爱清洁，夏天孩子们需洗澡后才许上床。小的需母亲洗，母亲谐称每晚要洗好几个“大萝卜”。夏天孩子们的衣服天天换，以致最被娇爱的大姐幼时竟养成这样的癖好：早上起床，得将衣服拿过来嗅嗅有没有刚洗过的清新味儿，没有就不穿！母亲洗衣很少用肥皂，那阵子更没有洗衣粉之类，母亲喜欢用皂角水，用“灰水”，用现在的观点看，这是绝妙的绿色植物洗涤剂。那灰水是用草木灰滤出来的。母亲每每摊过煎饼后，就地取材滤灰水，淅淅沥沥、滴滴答答地响个不停……

母亲洗完衣服去睡了，父亲仍在看书。忽然，他听到厨房的风箱“呱嗒嗒”“呱嗒嗒”响起来。他诧异：这时间，谁还去拉风箱？他打起手电，去厨房观瞧。

哟！原来是黄鼠狼！

一只又大又肥的黄鼠狼后足蹬地，前爪握住风箱把儿，模仿人的动作，一进一退，一进一退，得意扬扬地拉风箱。看到父亲的手电光亮，黄鼠狼扭回头，顽皮地眨眨眼睛，既不逃走，也不放下前爪，继续懒洋洋地拉着风箱。

父亲又好气又好笑，斥道：“原来是你？！你可真比‘猫’都捣蛋！三更天啦，安安静静睡觉吧！再捣乱，小心你的皮！”

父亲说的“猫”不是真正的猫，而是三哥。因为三哥喜欢玩泥巴，一会儿就将刚洗的脸抹脏，母亲谓之“抹成个花咪猫”。三哥常一边瞅地一边想捣蛋的主意，大哥说：“这只‘瞅地猫’又琢磨什么坏点子？”父母干脆将幼子命名曰“猫”。

次日，听说黄鼠狼的恶作剧，我们都遗憾得很，怪自己睡早了，没看到这场好戏。嗟叹过后，一齐拥进东屋，看清晨“定居”于此的猫的全家。几只毛烘烘的小猫围住了母猫，发出甜甜的、快乐的吮奶声。母猫以警惕的眼光巡视着。三哥早已忘记“属虎属龙不能看”的戒条，伸手想摸一下小猫，母猫立即伸出锋利的前爪，发出“嘶嘶”的威吓声。三哥只好怏怏不乐地将手收回来。

姐姐担心地说：“呀！黄鼬可是住在这屋啊！它会不会咬小猫？”

正议论纷纷，忽听二哥在院子里大叫：“我的小兔！我的小兔！”

二哥养了一对小兔，洁白的毛又细又长，柔软似棉，耳朵很神气地高高竖着，眼睛红得透亮。它们喜欢吃洋槐叶、胡萝卜，没有这些时，也肯吃草，只是吃得不够香甜。受到惊吓时，它们就用两只后脚咚咚跺地。它们生下一窝小兔，二哥已答应分配给几个小伙伴，并因之提高了自己的威信。

二哥大叫“我的小兔”，他的小兔怎么啦？

实在太惨了。小兔丢掉两只，留在笼中的给咬死一只。大兔惊恐地躲在笼的一角，悲悲切切地极力不去看那被咬死的小兔。它们平时的娴雅、飘逸神情荡然无存，活像两个丢盔卸甲的败兵。母兔的耳朵还耷拉下一只，显然是夜间搏斗所致。

“黄鼬子！”二哥恶狠狠地说，“我这就跟你算账！”

二哥将死兔放进一个铁笼中，用一根细绳拉起铁笼的门，自己躲在房门后边，手拉细绳，耐心等待，像个训练有素的侦察兵。

二哥一向是家中的大王，在他诱捕黄鼠狼时，弟弟妹妹都屏息静气，谁也不敢乱说乱动。三哥等了一会儿，不耐烦再等，跑到街上玩儿去了；姐姐被女伴拉去“跳房子”；我和妹妹趴在窗上，煞有兴味地观瞧，一心想看黄鼠狼怎么落入法网。等啊等啊，等了好久，黄鼠狼总不露面，我们玩起“翻面条”游戏来，用一根细棉绳，翻出“面条”，翻出“井口”，翻出“花轿”，花样百出，兴致盎然。

“叫你再跑！”二哥一声欢呼，大家齐打伙儿拥进院中。只见一只黄鼠狼已被关进铁笼，那只做诱饵的死兔却神差鬼使地被二哥拉了出来。二哥一边用木棍狠劲儿捅黄鼠狼，一边叫骂：“晒杀你！饿杀你！渴杀你！叫你咬死我的小兔！”

黄鼠狼被关在笼中，放在骄阳下，晒了整整一天。二哥不时地领他的伙伴来看他的俘虏，不时用木棍捅那俘虏，说是“给小兔报仇雪恨”。

夏天落日迟迟。黄昏来临时，我们吃罢晚饭，上学的几个都在灯下写作业，用石笔在石板上算算术、写生字、造句。那只闯了祸的黄鼠狼在烈日下暴晒一天，饥渴交加，气喘咻咻，奄奄一息。二哥又有了新发现，说：“这黄鼠狼还有奶哩！”

母亲闻听此言，放下手中的女红，急忙从屋里走了出来，俯身去看。果然，当二哥用木棍捅黄鼠狼的肚皮时，乳白色的奶水涔涔下滴。

“它一天不能回窝，它的孩子准定饿坏了。”母亲叹息着，把那只死兔拎到铁笼前，对黄鼠狼说起话来：“你很疼你的孩子吧？可你怎么能把小兔的孩子咬死呢？你咬死了他（母亲指了指二哥）的小兔，他能不整治你吗？能不打你、饿你、渴你吗？他把你关到笼里，是为了叫你长记性。可是再把你关下去，你的孩子就都活不成啦。你可得记住，以后只能抓老鼠，不能残害小兔小鸡。”

母亲说服了二哥，预先在一个小盆里倒上清水，把那只黄鼠狼放了。被释放的黄鼠狼奔出铁笼，并不急于逃走，而是先凑到盆前久久地、贪婪地、不顾一切地喝水；喝饱了，仍不急着逃走，而是用又圆又黑的眼睛牢牢地盯着母亲看；良久，踟蹰而行，爬上墙头，消失了。

燕子在梁下呢喃，麻雀在房前叽喳，又一个清新的早晨来临。早饭时，大家多有发现。

那只母猫，又把四只小猫衔走，移家邻居阎大叔家。母亲说："你们总去瞅它的小猫，它不高兴了。"

黄鼠狼仍然住在放杂物的东屋里，偶尔可以从房梁上看到它那漂亮的长尾巴。奇怪的是，那只被遗忘在铁笼边的死兔，仍然在原处，这样现成的食物，黄鼠狼竟然不吃！二哥咕哝着，把死兔埋了。

"长妈妈"式的亲戚神情愀然地说："唉，真是！猫搬走，黄鼬子倒留下了……"她没有再往下说，因为这都是"时运不济"的兆头。

有趣的是，从此以后，父亲夜读医书时，厨房的风箱再也不忽然作响；晚上忘记关鸡窝门和兔笼门，居然都安然无恙！

更有趣的是，虽然猫已搬走、黄鼠狼留住，我们这个九口之家的时运却越来越好。"文革"前，父亲成为人们谐称的"国会议员"（全国人大代表），七个孩子全部进了名牌大学。

1984 年 4 月

看“闲书”

小孩子最愿意过春节，有好东西吃，有新衣穿。

春节来临的标志是父亲在书房写春联，印象最深的是，他常写“忠厚传家远，诗书继世长”。这是治家格言。

父亲三十多岁时就已长髯齐胸，他秉烛夜读时，不像小说中的“美髯公”关云长那样读兵书，而是读《尔雅》《伤寒》和带插图的《本草纲目》等。用现在的话说，这都是父亲的“专业书”。

喜欢看“闲书”（当时对小说的通称）的是母亲，她幼年读过私塾，做姑娘时手不释卷，爱文言的《聊斋志异》，更爱白话的《红楼梦》。她那开银号的祖父以“体弱”为由，将她娇惯闺中至二十三岁才忍痛让“出阁”。诸般嫁妆齐全后，曾外祖又让人专门制作一个大楸木书箱，分成两格，将诗词小说尽排其内。

母亲进了清贫的名医之家，诗词歌赋变柴米油盐，在娘家“油瓶倒了不扶”的三小姐变成婆家轮班下厨做饭的三儿媳。有了夫君子女，却丢了读书雅兴。但母亲恪信世上“唯有读书高”，无论男女，孩子都要在六岁前入学读书。

1946 年该三哥入小学，一年前他曾被父亲送私塾读书，知道挨板子的滋味，死活不肯上学。我向来是三哥的随从，大大咧咧地说："猫"，怕什么？我跟你一块儿去！母亲大喜。于是四岁的我开始如此"上学"：牵着三哥的手进教室坐第一排，老师点名，我是"编外"人员，不在名册，但点谁我也随意喊"到"。点完名上课，头堂语文课是"天亮了，弟弟妹妹快起床"。我一听，真不像话！勇敢地陪"猫"上学，原来不过是学母亲每天都说的话！立即烦了，站起来说："放——学——了！"老师自然不管，我背起书包出门，直奔对面的油饼铺，掌柜的边笑边点着我的乳名问："放学了？"马上切一片饼递过来（自然记在父亲账上）……不久，三哥跟一帮男孩结了团伙，我也结束了短暂的"陪读"岁月，我之"上学"却成为街谈巷议的笑料。

两年后我正式上学时，小学已从我家隔壁搬到三条街外。我的书包是三哥用旧的，很小，恰好放得下语文、算术两本书，外加一个小石板，写字、算题都用它。那时小学放学早，家庭作业也极少。上午 10 点过后，满街是疯跑的顽童。乱闹乱跑乱瞧之中，像哥伦布发现新大陆，我发现了益都县图书馆：路边三间门面，十几个书架插满"闲书"，还有个摆小人书即连环画的阅览桌！我立即拖不动脚了。尤其幸运的是，唯一的管理员居然是杨叔叔——父亲的远房表弟。按说进图书馆要阅览证，但一个"七岁八岁狗也嫌"的角色，哪儿来阅览证？杨叔叔网开一面，让我随便进入、挑选、阅读，还不时推荐好书给我。但有一条是严格的：绝对不许将书带走，也不许将书包带进图书馆。

从此，每到放学后，我就坐在县图书馆看书。先是桌上的画书，后是架上没有画的书。有新中国成立后出的书，也有之前出的书。现在回想起来，还一概是即使按现阶段精神文明要求也绝不出格的宣传真善美的书。它们每天都给我打开一个新世界，一个幻想的、妙不可言的世界。《克雷洛夫寓言》《伊索寓言》《格林童话》《木偶奇遇记》……不管是卖火柴的小女孩还是白雪公主，不管是齐天大圣还是“黑旋风”，都能吸引住我。吃午饭的时间到了，杨叔叔催不走我，只好端个小凳放门口，老鹰捉小鸡一样架了我的胳膊从屋内把我“请出来”，再拿出几本画书给我看，他自己回家吃饭……

说来惭愧，上小学时我常因迟到、不交作业挨批，既没有数学夺冠的光荣，更没有语文考第一的荣幸，不仅从不曾以一篇才气横溢的“雏凤之鸣”换得哪怕小小的表扬，还因老师故意给作文“59 分”被母亲用笤帚疙瘩从家中打出来。小学语文教师苦口婆心、条分缕析讲解的主题思想、段落大意，一放学就被我丢到九霄云外。老师布置的造句，也常被我敷衍了事。我曾因为背诵马雅可夫斯基的诗在什么场合露过脸，大概就是上小学时最了不起的“过五关斩六将”了。

但是看“闲书”我总雷打不动，越看越来劲，越看越上瘾。苏联老大哥是我们的榜样，苏联文学也以连环画有时干脆是电影连环画的形式极早地影响着我的思维模式：陶醉于集体农庄，幻想有朝一日驾驶康拜因（联合收割机）在原野收割；喜欢唱《红莓花开》，其实根本不知那是什么“爱情歌曲”；沉湎于斯大林格勒保卫战和西蒙诺夫的《日日夜夜》；崇拜卓娅和保尔·柯察金。那时看《白毛女》和《吕梁英雄传》，感动得热泪滚滚，哪会想到几十年后有幸跟贺敬之、马烽这些前辈随意聊天？那时看小说《西游记》总将章首的诗词忽略不看，哪想到几十年后还得给外国留学生剖析这些诗词的含义？……

1965 年我从山东大学中文系毕业时，母亲将当年曾外祖给她做的书箱送给我装属于我自己的“闲书”。我家七兄妹“文革”前鱼贯考入名牌大学，六个人读理科，只有我一个念文科。说来真是莫名其妙：兄妹七人经同一条路上学，只有我一个人被县图书馆的“闲书”牢牢套住，几十年后自己也写起“闲书”来。

1993 年 8 月

感 冒

当年在少女玫瑰梦中的白马王子，即使不能像三剑客横刀救美，也应当在我生病时背我上医院。想不到现在我生了病，被我称作“家长”的外子从不背我上医院，倒越俎代庖当起医生来！其实我们原在中文系同学五年，他对医药学虽然不能说一窍不通，至多也不过是道听途说。幸而我不过偶尔感冒，治不好也不至于治死。他便如鱼得水地当起业余华佗来。

“你应该吃犀羚解毒丸，吃两个。”一早起来，他说。

听了“大夫”的话，我吃下两颗大药丸。下午还是不好，“大夫”又说了：“主要是没有吃扑尔感冒片。”

于是，我吃下一片扑尔感冒片。结果里边的脱敏药起了作用，人昏昏沉沉，正在赶写的文章一句也写不出，满脑袋像是一盆糨糊，而感冒仍然不好。我气呼呼地把笔一扔，说：“纯粹是冒牌大夫！感冒治不好，倒害得我头都大了。”

两个孩子马上大笑说：“妈妈的头不是本来就大？做脑外科大夫的小姨父不说是‘脑积水患者’？”

我对两个孩子说：“我感冒一个星期都不好，主要是我们的房间太冷。房间怎么会这么冷？因为你们的爸爸挑了这套没暖气的房子。本来我们住的房子有煤气没暖气，他说这边的房子有暖气，坚决搬了来。结果呢？我们搬到这儿来，原来的房子倒通了暖气了。这里非但没有通上暖气，连煤气也没了。这么冷，我的脚冻得像石头一样，感冒能好吗？”

“家长”一听，啼笑皆非：“咦，什么事都会绕个圈儿怨到我头上。你不小心穿那么少去上课，冻病了，倒成了我主张搬家的错？这人还讲理不讲理？”

这当然是不讲理，谁能长了前后眼，当年知道这个房子的暖气片仅仅是“聋子的耳朵”？不过我现在感冒了，我就有权不讲理。你做家长的，也得偶尔容许家人不讲理，那才叫男子汉风度。

我嘻嘻笑道：“你才不讲理哩。你又不是大夫，怎么一个劲儿给我出方？我非得上工商局告你一状不可，你这叫无照行医！应当罚款。唉，老爹在的话，我的病早就好了。归根到底，因为我现在成了没娘的孩子。”

“家长”看眼前这人越来越不可教育，干脆离得远一点，上自己的房间看书去了。我也躺到沙发上，用小被子把自己的脚包起来，反正现在感冒了，今天不再写什么，休息。鲁迅说的那个无聊文人的理想真到家，吐半口血，让侍儿扶了去看海棠——只吐半口，吐多了岂不就死了？这感冒也是既害不死人又可以让人休息的病！不过一说到父亲，就真正难过起来。当年父亲在世，不管是谁得了病，不管多么难治的病，老人家总是手到病除。特别是四季的感冒，老人总会对症下药，他用药剂量小，却起作用，服了汤药后，人会慢慢地匀匀地出汗，而病毒就会很快地排出去了。

脚上突然暖和了，哦，是孩子的奶奶灌了个热水袋，悄悄地塞进了我的脚下，奶奶说："你就是太乏了，休息休息就好了。不能整天点灯熬油！"

看着满脸皱纹的奶奶，我得意地笑了。一笑奶奶这个举动没给她儿子看到，那样他又要说一些诸如"真把她惯坏了"的废话；二笑刚刚还发牢骚说是"没娘的孩子"呢，就有个老娘来关心。其实，老太太待我简直比娘家母亲都好。马老太从来不惯孩子这些毛病，从来不容许得一点儿小病就大惊小怪、小病大养、无病呻吟！在我的记忆中，她好像对我格外严格，所以我发牢骚时就说，一家子七兄妹，只有我是捡来的。我从来不能像别人写母亲那样，写一个母亲精心照顾病儿的章节，我记忆最深的倒是母亲常用笤帚打我"这个不长进的东西"。不过正如我娘家人说的，傻人有傻福，我的婆母对我要宽容得多也慈爱得多了。眼下这个热水袋就使我从脚渐渐暖到全身，感受到她老人家无处不在的关怀。

"家长"又从他的房间出来去了厨房，手上端了一杯热热的药水走了过来，说："我想起来了，你应该喝感冒冲剂。这玩意儿喝进去就出汗。"

"我才不喝呢。我吃的药够多了。"我说。

很友好地关心家人的"家长"只好不太高兴地走了。

"喂，我那本散文集一定又是你拿到你们系了？"我问儿子。儿子在历史系上学，却像是在开图书馆，家中什么好书他都往宿舍拿，而且一般都泥牛入海。

"哪本书？"儿子问。

“三毛的。《荷西　我爱你》。”

其实我觉得这本书的名字最不好，三毛怎么可能说这种话？那还成其为三毛吗？何况，人生真正的感情，不是口头上情呀爱的、死呀活的，人生最宝贵的爱，是日常生活中相濡以沫，是看得见、说不出，觉得着、道不清的。三毛怎么可能用一个如此直接、如此乏味的题目？但是这本书里边选的篇目很不错。我已经看过了，仍然还想看。

“我才没拿你那宝贝三毛哩。”

“你没拿？上次我到你宿舍去，你们房间有三个男孩同时拿着我买的书。那本《文化革命史》，你不是也说你没拿？害得我又买了一本。”

“要不怎么说‘家贼难防’？”儿子正在穿运动鞋，打算上操场踢足球去，听了这番话，笑嘻嘻地回答。走到门口，忽然一本正经地说：“不过，这次你的三毛我确实没拿。我才不看这些女孩子看的书哩。”

一直在静静地看书的女儿说：“我知道那本三毛在哪儿。”

“哦，你知道，在哪儿？”我高兴得很。

女儿说：“你把这杯药水喝了，我就告诉你。”

等我把那杯药水喝下，女儿笑眯眯地说：“妈妈，现在我告诉你那本书在哪儿，它在一个我不知道的地方。”

我听了，虽然仍然没找到书，但高兴得大笑起来。好像那杯药水具有“神仙一把抓”的功效，我竟然真的慢慢出起汗来。

家中的业余大夫也有误诊时。

有一次，“家长”出差了，我在家中写了一篇回忆母亲的文章。

我自己写得十分动感情，一边写一边流眼泪，这就是后来发在《人民文学》上的《等》。评论家赵鹤翔后来就常用文章里边马老太的话，比如“自在不成材，成材不自在”来说青年作家。文章写到最后，怎么来收煞？我写的是：希望有来生，能重依膝下。当“家长”出差回来看了那文章，就说：别的倒也罢了，这穆斯林是不讲来生的吧？那是个佛教的概念。你应该重写这个结尾。

我的穆斯林知识实在是“离把头”（韩语音译，意为门外汉），实际上穆斯林是讲来生的。但我当时相信我是写错了，因为我写好文章后，“家长”常以一个评论家的身份提出许多很精确的见解，我对他的鉴赏力一向是相信的。我决定改这个结尾。晚上躺下后，还在想怎么改。不能用来生，那么怎么才能见到母亲？怎么才能实现重依膝下的愿望？哦，那当然只有梦中了，对了，只有盼老母魂灵来入梦……想着想着，我的眼泪情不自禁地流了下来，我极力不让自己出声，因为“家长”出差回来挺累，刚刚洗了澡，吃了安眠药睡下。

可是不管怎么小心，人哭总是会有声音的。终于我的鼻子也不透气了，得擤一下了，这可就把“家长”惊醒了。他从他的小床上发话了：“怎么样，我说你今天有点儿感冒吧，睡觉前你也应该洗一个热水澡才对。”

我哽住了声音说：“不要紧，一会儿就好了。”

“家长”边起身边说：“你还是洗一个澡吧。”说着就去开热水器。天气很热，那个平时常常捣蛋、经常打不着火的热水器居然一下子就打着火了，“家长”得意地说：“快来洗！”

水哗哗地流着，我的眼泪也在大大方方地流着，哭得十分惬意。我相信母亲一定也在天堂看着我，她老人家也一定相信，虽然她走了，但是她心目中最笨的女儿甭管感冒不感冒，总不至于是一个“没娘的孩子”。

1993 年 10 月

美国女博士和中国老太太

戴德熙已经把她的一大摞书抱了起来，准备告辞。奶奶忽然说：“别走啊，在这儿吃饭！”

金发碧眼的美国博士生回视奶奶，我就在她身后向奶奶“杀鸡抹脖子”地做手势，意思是：您揽活什么？家里有什么可以待客的？快让她回留学生楼！

奶奶好像没看见似的，更加热情而恳切地说：“别走啦，他姨！”

嘁！连“他姨”的称呼都用上了，活像这位大洋彼岸的老外和我乃一母同胞，甭提叫得多亲热啦！

美国人信实。戴德熙“哗啦”一下子把抱着的书倾到床上，喜盈盈地说：“哎！我不走啦！奶奶叫我在这儿吃饭！”

我追到厨房，没好声气地问奶奶：“你让她吃什么？啃床腿？”

奶奶狠狠地瞪我一眼，说：“饺子！”

“拿什么包？”我忧心忡忡地问。明摆着嘛：既没剩下肉馅，又没熗下豆腐，外加还没买青菜。这个晚上，本来说好吃炸酱面嘛，她老人家倒好，留下美国客人吃水饺！

“你上门口买一捆韭菜。别的事不用你管。”奶奶说。

“没有韭菜呢？”我故意问。

“芹菜也行，菠菜也行啊。”奶奶以不变应万变，只要有菜就行。

等我从市场买得一捆韭菜回家，还没进门，就嗅到一股扑鼻香味。进厨房一看，一大盆素馅已调好。鸡蛋炒好剁细，木耳、粉丝、海米都泡好剁成细末，和上了香油、味精、花椒面儿。面也和好醒在那儿。我的天呀，老太太会变戏法？我乐颠颠地说：“妈！你真行！”

“看您得这个小狼贼！刚才那熊样儿呢？”孩子奶奶笑道，接过韭菜细瞅几眼，“跟你说过多少回？要买紫根的头刀韭菜。不要这么胖的，这是使了化肥的。”

“这个好择呀！”我息事宁人道，“凑合用吧！”

奶奶指点戴德熙：“他姨，你看书去。我和他妈妈择菜。”

“不！我也要择！”戴德熙说。

三个人蜷在狭小的厨房择菜。戴德熙边择菜边向奶奶讨教：鸡蛋饼怎么摊？木耳怎么发？粉丝怎么泡？还有，“为什么得加花椒面儿？”

“出味儿呀！”奶奶说，“可不能使商店里的花椒面儿，得买当年的鲜花椒皮儿，自家焙。按说，这素饺子得熗上豆腐馅，才合味呢！”

戴德熙忙问：“马老师，什么叫‘焙’？什么叫‘熗’？”

“这个嘛——”我费了好大劲儿，才讲明白这两个大概不属于古代文学教师授课范围的字。奶奶刚好把洗净了的韭菜放在案板上，边切边对美国人念念有词：“这韭菜呢，得切得非细，按规矩，得把它控一会儿再切！”

戴德熙的问题又来了：“马老师，什么叫‘非细’？什么叫‘控’？”

我倒给问愣了，寻思一会儿，才说：“那是淄川土话。‘非细’就是‘非常细’，‘控’就是把菜放在筛子上，让水一点儿一点儿流净。”

“放案板上控一会儿也行啊！”奶奶说。

平素常常耳背的老太太今天怎么格外耳聪？我不禁哑然失笑：老太太信口说的几句话足够这位老外琢磨一气啦！

戴德熙是随我进修“18 世纪中国古代文学”的高级进修生，却和奶奶格外投脾气。隔一个阶段，奶奶就提醒：“去叫他戴阿姨来家包饺子啊！”戴德熙每次都要亲手包，而且越包越像那么回事了。她包的饺子都捏上精致的花边。奶奶乐呵呵地说：“月牙似的，像绣花，这个阿姨真灵透！”

这会儿，戴德熙又很用心地包起皮薄馅多的素馅饺来，而且继续她那“十万个为什么”：“奶奶，你为什么往调好的馅里边打生鸡蛋？”

“为了馅不散哪！”

“为什么加进生鸡蛋，反而不散呢？”

“饺子一下锅，鸡蛋就变成了‘琐酪’，不就把馅黏合在一块啦？”

“马老师——”戴德熙又向我扭过头来。

不等她问，我说道：“什么叫‘琐酪’？这又是句淄川土话，写成汉字，大概是琐屑的蛋酪吧！也就是鸡蛋半凝固的样子。唔，就像你每天早上吃的那半生不熟的鸡蛋。”

戴德熙每天早上吃两个鸡蛋，放在一个小电锅里煎，用一块金灿灿的小闹表定时，不多不少只煎两分钟，连溏心鸡蛋的水平都达不到。

“你总指责我的煎鸡蛋。”戴德熙笑道，用她那双绿莹莹的眼睛看看天花板，耸耸肩。

我笑道：“不可以用‘指责’，那是不友好，得用‘褒贬’。”

“唉！‘褒’和‘贬’不是反义词吗？怎么连在一块用？”戴德熙摇摇头，耳坠子哗啦哗啦响，“汉语真怪，‘褒贬’就是‘贬’，‘恩怨’就是‘怨’，‘好不容易’既是‘不容易’又是‘好容易’，明明形容好，偏用‘绝了’‘没治了’。哎，马老师，你包水饺真绝了，真快！”

“如果我当教师混不下去的话，我就上你们印第安纳大学旁边开个水饺铺。”我信口说。

“那你一定发财，不过你得让奶奶去调馅。”戴德熙笑道，“奶奶做的饭，盖了帽啦，没治啦。奶奶该上美国讲饮食文化去。”

奶奶斗大的字识不得半箩筐，怎能去美国讲学？可她的烹饪水平堪称教授级。她仿佛以做饭为第二人生，常说：“上学的踢球打弹，上班的点灯熬油，饭食跟不上还行？”费多大力气，花多少工夫，务必让全家吃得好。这真合了那句古训“民以食为天”，合了圣人名言“食不厌精，脍不厌细”。奶奶最好客，谁来了，她都热情地留饭。我倒不心疼吃了什么，却嫌费事费时，便挖苦她：“您以为来咱家的客人全是饿鬼托生？不管什么时辰，您都拖住人开饭店？”奶奶却说：“谁出门顶个饭店？上我们家门，就是拿你们当个人，还能叫人家饿着？”好，孔夫子的“有教无类”让她老人家发展成“有吃无类”了。

我有时揣想：饮食文化是什么？很多人，包括烹饪学家都说不清。是考究的食具？丰富的菜谱？酒筵的排场？大概都不完全。真正的饮食文化是把吃饭看成对人的充分尊重，看成人与人之间的温情。真正的饮食文化是餐桌上下的感情交流。请吃者用的是鸡鸭鱼肉，施的是易牙绝技，更奉献一腔真诚、一片爱心，“斯世当以同怀视之”；被请者享受的是珍馐佳肴，更满足了被尊重的愿望，感到“人生得一知己足矣”。如果这样理解饮食文化，奶奶真该上哈佛、剑桥讲学去。哦，中国烹饪史上，埋没了多少不见经传的老太太！

使我十分纳闷的是，根本不管什么中国文学、外国文学的奶奶，怎么会和这美国学者一见如故？过年过节，她惦着：“去叫他戴阿姨来家啊！抛家舍业的，多孤单啊！”她和戴德熙一起看美国寄来的照片。戴德熙怏怏不乐地说她女儿：“瞧，她正从冰箱往外拿可乐，我在家可不准许她喝，里边有麻醉药。”奶奶则啧啧称赞：“这闺女多俊哪！眼亮得赛猫眼石。谁管她？她爸爸？哪顾得过来？给她奶奶送去吧！”看来，我们家的奶奶很想干涉一下万里以外的那位美国奶奶，让她像中国奶奶般尽职。

如果正式请戴德熙来家吃饭，她必定给孩子带点小礼物：一盒华丽的巧克力或一兜鲜亮的水果。奶奶便大为动情：“瓜子不大是人(仁)心，人家心里有咱孩子。甭看是美国人，还挺仁义！”接着连忙嘱咐：“叫他姨以后别买了，上学的人，哪有闲钱？”我听了直想乐，殊不知这位“上学的”比我这个“教学的”阔多了。当然我没吭声，免得奶奶以为我财迷，乐意占点小便宜。后来，奶奶便不让我去下“请吃”的通知，而常常在戴德熙来讨论问题后，“犸虢（狼）拉羊羔”般地拖住戴德熙不让走。有一次，她留戴德熙吃酥锅，两人还兴致勃勃地“干杯”！奶奶不停地给戴德熙搛藕片、海带、豆腐块——而且很细心地使用公筷——见客人吃得津津有味，奶奶怅然若失地说：“唉，这酥锅里边的牛肉、鸡、鱼全叫他们挑净了，就剩这点了。”我忙示之以目，意思是：您老人家少说句行不？怎么叫挑剩下？还不是你把鱼肉填鸭似的给你孙子吃了？戴德熙呢，笑嘻嘻地，很听话地吃下奶奶搛给她的菜，也不再担心减肥不减肥，还仔细询问酥锅的做法。奶奶很欣赏戴德熙的随和与诚恳：“这人多实在，一点儿不拿糖，不酸文假醋！”嗬，她们俩，倒“惺惺惜惺惺”啦！

包饺子是聊天的好机会。戴德熙问道：“刚才奶奶怎么不让我们俩合吃一只梨？”

“这是中国人的忌讳，两个人合吃一只梨，就要‘两分离（梨）’。”

“哦？有趣！”戴德熙莞尔一笑，又问，“那我今天吃的水饺，不是‘滚蛋包’了？”

“什么‘滚蛋包’？”奶奶忙说，“甭听他们满嘴跑火车，不扯正词！”

我也笑了：“不是‘滚蛋包’，就是吃饱了一抹嘴就走了，也不算滚蛋！”

那次我和戴德熙去开封，家中包饺子送行。我家先生对戴德熙笑说：“她每次出差，奶奶都给她包饺子，我把这叫‘滚蛋包’。”

这美国佬，专记这些稀奇古怪的话，要不怎么当博士？

戴德熙脸前已经摆满了一盖垫水饺，她又发现新大陆了：“咦，奶奶叫马老师是什么？‘他妈妈’？”

“哦，就是‘孩子他妈’。”

戴德熙扑哧一笑。我知道她笑什么：老师又多了一种称呼！戴德熙刚从印第安纳大学来山东大学时，教研室主任在开学典礼上介绍我们相识，对她说：“这一年，你跟小马进修。”戴德熙闻听一愣。后来熟了，她说，她当时满头雾水：“小马，按字面含义，就是一匹很小的马吧？”现在呢？老师又成了“（孩子）他妈妈”！

“他妈妈，剩下这点儿你甭包了。你去炝点儿芥末。”奶奶说。我忙立起身，且向戴德熙挤挤眼，笑道：“这是奶奶的章程。家常吃水饺，捣蒜泥；客人来吃水饺，炝芥末。为什么？因为芥末没有难闻的味儿。你准又得问‘炝’字怎么写了，‘火’字旁边加个‘仓’字，怎么讲？干脆，你跟我来看看！”

我在一只茶碗里倾上约半两芥末面，用沸水调作糊状，在上面覆以半张稿纸，再把茶碗放到一只注满沸水的大碗中。戴德熙的绿眼睛瞪得溜圆，她大约又想不通了：明明用水加热，怎么写成“火”旁的“炝”？

“吃呀！他姨！多吃点儿！”奶奶坐在桌边，一边劝戴德熙，一边给燕燕搛饺子。看戴德熙熟练地用左手使筷子，奶奶笑了，很开心。

“戴阿姨，你什么时候把哥哥考煳？”燕燕忽然好奇地问。

“烤煳？”戴德熙一愣，马上乐了，“你是说让我考一考斗斗的英语？”

我常威胁上初中的儿子：“快背单词！哪天叫戴德熙考考你的英语，你小子非给‘考煳’不可！”这玩笑话却被燕燕听去，做正经话说。

“咦，斗斗呢？他怎么没来吃水饺？”戴德熙关切地问。她知道“一家之主”还躲在书房兼卧室中看书，以便把天下让给女客人。而奶奶最宝贝的孙子，平素总要吃第一锅水饺的孙子，哪儿去了？

我也莫名其妙：“刚才还在呢！也许怕你把他考煳了，溜之乎也？”

“吃呀！他姨，趁热吃，蘸点儿忌讳。”奶奶说。桌上摆了瓶高级醋，咦，哪儿来的？这几天好像没买啊。

原来，是奶奶哄刚放学的孙子去买来的。至于那位最爱吃水饺且天经地义要吃第一锅的嘎小，听了奶奶的话，“去再打两盘乒乓球”，让美国阿姨先从从容容地吃、滋滋润润地吃。奶奶则在一旁笑容满面地看着，那股舒坦劲儿，活像是她老人家哪位宝贝闺女走娘家来了！

有意栽花花不开，无心插柳柳成荫。戴德熙在中国进修一年，我郑重地请她来家包过多次羊肉水饺，她偏偏最喜欢那次仓促上阵的素饺子，说：“味道最好，又适合减肥要求。我回美国，一定教给我的姐姐妹妹！”

我揣想，这位善于用左手记笔记的美国女博士，没准儿又记了这么一则汉语词汇札记：

素水饺的做法：要“煸”上豆腐馅儿，“焙”上花椒面儿，把韭菜洗净“控”干，切得“非细”，再打上两个生鸡蛋以便形成“琐酪”。吃时，要“炝”上芥末面儿，蘸上“忌讳”才出味儿。

还有，当在那狭小的房间包水饺时，中国老师不再叫“老师”，也不叫“小马”，而叫“(孩子)他妈妈”，美国学生不再叫“留学生”，也不叫“博士”，而叫“(孩子)他姨”！

1992 年 5 月

嘎小的检讨

一

1980 年前，当我的几部专著还都躁动于母腹时，我家十岁嘎小的“著作”已硕果累累，几乎可以结集为一部专著了——关于检讨的专著。

那是些多么精彩的坦白交代！首先是五花八门的题目，然后是无奇不有的“罪行”。

“关于上自习下位的检讨”：“语文自习课上，我擅自下位和同学商量课间占乒乓球桌的事，违犯了课堂纪律，今后我保证……”

“关于没戴红领巾的检讨”：“红领巾是红旗的一角，是少年儿童的光荣，忘记戴红领巾是十分错误的，更严重的是，还损害了班级荣誉，在评比中降低了班级分数，今后我保证……”

“关于上学路上爬墙的检讨”：“……某月某日，我因为从家里出来晚了，竟爬墙而过，不仅撕烂了衣服，还破坏了纪律……”

“关于不同女生交流写作文经验的检讨”：“……老师派女生朱某来家和我谈作文，我因为瞧不起女孩，躲到家门口的雪松顶上，让她白跑一趟，还叫她‘小猪蹄’……”

“关于上历史课大呼小叫的检讨”……

“关于没完成作业的检讨”……

“关于不认真写检讨的检讨”……

林林总总，纷繁多彩。那格式呢，十分符合老师教的应用文写法，大致分为“三步曲”：其一，错误起因和经过；其二，个人检查和认识；其三，决心和今后态度。

熟能生巧，嘎小的检讨覆盖面越来越广，举一反三，触类旁通，那才叫轻车熟路！不管老师有什么吩咐，嘎小总能以不变应万变。

终于有一天，我不耐烦地骂道：“涎皮涎脸的家伙，成检讨大王啦！”

“我们班的男孩，有几个不写检讨的？”嘎小带几分自豪说，“检讨检讨，老师的法宝！”

二

“检讨”常与一些令人啼笑皆非的镜头联系在一起。

镜头一：“关于上课交头接耳的检讨”

嘎小同“上课交头接耳”的同案犯一起，被老师捉到备课室面壁。这是小学老师整学生的“三步曲”之一。前奏是写检讨，后续就是请家长了。

两个男孩悄没声响面壁，女教师们叽叽喳喳絮谈，自顾自说她们感兴趣的事，渐渐忘记了两名“小罪犯”的存在，越来越口没遮拦。两个男孩不约而同地等距离向中间靠拢，一步一步蹭到中点线上，那儿放了架风琴。俩男孩一个脚踏，一个手按，配合默契地合奏。那没腔没调的合奏，弹的是《我爱北京天安门》曲子，用的是《少林寺》和弦。

这场不合节拍的合奏，在一段时间内，极大地提高了两个面壁者在男孩中的声望。

“老师没听见？”有个男孩半信半疑。

“没有！她们一直在那里‘交头接耳’！”两勇士争先恐后地说，忽然困惑莫解，“咦！老师总叫我们团结同学，她们怎么议论别的老师？”

居高临下的教育者最尴尬的事，莫过于让被教育者拉到同一个道德审判台上。

镜头二：“关于扔粉笔头的检讨”

“我和某某、某某还有某某又犯了纪律，课间互相扔粉笔头。破坏了环境卫生，我认识到……”

一般来说，嘎小每次检讨都尽量在家长面前瞒天过海，这次却增加了透明度，竟拿了检讨来问：“妈妈，你看这样写行吗？”

嘎小的检讨，题目写得蚕豆大，占满一格；正文寥寥几行；名字呢，缩得绿豆大小，依稀可辨。我又好气又好笑：好小子啊，你也知道这事不太露脸啊？遂挖苦道：“行啊，反正咱又不是第一次写检讨，也不是最后一次写检讨，早有经验又来日方长，交上去吧！”

“可是……”

重要的是这个“可是”。老师罚几个掷粉笔头的角色每人交纳两盒粉笔作为罚金。家长们连忙各路出兵，四处搜求，终于从五公里外的文教用品商店买到粉笔。谢天谢地！幸而嘎小们掷的是粉笔头，倘若掷的是珍珠玛瑙，家长们岂不要去闯阿里巴巴的山洞了！

镜头三："关于上课玩左轮手枪的检讨"

"……以后保证不再带玩具枪进教室。"刚刚给老师没收一把，马上又配备上两把，真的上学不带枪了吗？非也。带得更隐蔽而已。哪个男孩书包里、裤腰间、口袋中不掖着、别着、揣着玩具枪？要不，算什么男子汉？

"妈妈，我的水枪是左轮枪吧？"

"不知道！快去学习！"

"爸爸，我的水枪是左轮枪吧？"

"什么左轮右轮，快写作业！"

嘎小正受训斥，冯（毅之）爷爷来了。老人是当年威震鲁中的八路军军分区司令员，最近刚刚出任山东艺术学院院长。嘎小忙趋前请教："冯爷爷，我这把水枪是左轮枪吗？"

"是左轮枪。"

"左轮枪是怎么回事？"

老人兴致极好，详细指点讲解："左轮枪就是枪机里边有个向左转的轮子，可以连打五枪。再上子弹，打一枪不响，把枪机转一下，马上补一枪。"冯爷爷马上回忆起四十年前他击毙叛徒时幸亏用的是左轮枪，如果用别的枪，第一枪哑火，再退膛上子弹，就坏事了。

祖孙二人大谈枪械。老人讲到当年马鞍山战役时，八路军用的"三八式"和日本鬼子用的小钢炮；男孩的嘴像倒了核桃车，一下子冒出那么多新名词：星球大战，地毯式轰炸，海市蜃楼战斗机，鬼怪榴弹炮……还有，第二次世界大战，德国和日本法西斯为什么失败?

“算啦算啦！该学的不学，不该学的无所不晓，还不快去做作业！”我不耐烦地说。

冯老莞尔一笑：“我看这小子不孬，懂事挺多，不能光把书本知识看成是知识。”

老师、家长在枪械问题上坚不可摧的神圣同盟，给抗日老英雄一句话吹了。

三

嘎小及其擅长写检讨的小哥们儿英雄未逢其时，未见“文革”，否则，以他们的检讨绝技，肯定在荆天棘地中逢凶化吉、遇难呈祥。

嘎小们多么善于大事化小、避重就轻、鱼目混珠、顾左右而言他！

“关于上学没带作业本的检讨……”这是嘎小们最基本的保留节目，简直可以和老师最爱出的作文题目“一件有意义的事”类比。嘎小们多半说，自己粗心大意，上学忘记带作业本，下不为例，云云。

其实“没带作业本”本身就是得好好检讨的骗局。那作业本老老实实待在书包里呢，从头一天放学就没动。没时间动啊。放学路上，几个嘎小就开始带球、盘球、“射门儿”，直到《新闻联播》结束，嘎小们才一个一个灰头土脸归家。进门就“饿死啦”，守候已久的父母——我们家最来劲的是祖母——一见“饿国”归来的宝贝，连忙用热毛巾给嘎小擦脸擦手，递饭盛菜，恰在此时，中国足球队和科威特争夺出线权的大战拉开了帷幕……

“那科威特才多大？中国足球队输给他们，趁早都扎小辫儿算了！”

“我保证我们解三小的足球队比国家队强！”

一个泱泱大国的足球队输给几百万人口的小国，极大伤害了嘎小们的自尊心。相比之下，关于作业本的检讨之辱，简直可以忽略不计了。信不信由你，每当中国足球队准备冲出亚洲走向世界的世纪大战次日，都有成千上万的男孩进行痛心疾首的检讨——没完成作业或所谓忘记带作业本的检讨。为了这些可怜的男孩，中国足球队也该加把劲了。

“关于上学路上爬墙的检讨……今后不再爬墙。”信誓旦旦，却只是说说而已。嘎小们不仅上学路上爬墙，放学归家也爬。爬墙成为显示男子汉气概的重要标志，如果不仅能爬墙，还能在墙头上大摇大摆，那就更能树立威信。《中国少年报》登出一幅男孩子在墙上行走的照片，题曰“有路不走墙上走，划破衣服碰破头”。看来爬墙已经成了全国小男孩的例行公事了。

做母亲的岂能容忍此类危险把戏成“例行公事”？我劝说嘎小，以后放学还是和你那位好朋友、女孩般文静的大班长同行，千万别再爬墙！有一天，我特地在放学时守在放学必经的高墙边，准备当场捉获那小“罪犯”，结结实实教训他一顿。等了一会儿，果然，我家嘎小那卷毛头从墙头上露了出来，我吓得屏住气，且别声张，免得嘎小从墙头上掉下来。嘎小爬上来了，却不急着往下跳，而是俯下身子拉一个人。天哪，竟是那出名的老实孩子大班长！

大班长用爬墙壮举摘掉了“假妮子”帽子，竟在男孩中令行禁止起来。

“关于不同女生交流写作文经验的检讨……”嘎小为了不与老师派来的女孩交流作文经验，爬上宿舍门前的雪松，骑到树杈上“观察敌情”。可是女孩必须得完成老师交代的任务啊，只好详细向我传授作文经验：老师说，作文应该这样写；老师说，作文不能那样写；牛新军的作文，毛病出在什么地方，应该怎么改正……我边听边想：这事滑稽不滑稽？须知，本人也算多少有点儿知名度的散文家啦，还得洗耳恭听小学生做“怎么写作文”的启蒙？

更有甚者，当我忍无可忍，“干脆，我替你写篇作文交上去！”模仿嘎小字迹，模仿嘎小语气，写了篇小学生作文。第二天，嘎小垂头丧气地回来，说：“我写的还能得七十多分。你这篇？哼，只有七十分！老师说，作文不能这样写。”

这次得晕倒的，是那个大学中文系教师了！

四

嘎小上小学时，最恨班主任，因了形形色色、无奇不有的检讨，更因了请家长。嘎小愤然说：“老师请了家长去，先声明‘你别生气’，然后把我们说得一塌糊涂，肉都不中吃了。家长能不生气？借刀杀人！”

有一天，班主任病了。我想，这下子可好啦，嘎小们成脱缰之马、出笼之鸟，尽情疯吧。果然，放学一小时了，嘎小的人影还不见。别是又去显示男子汉气概比赛跳水沟了吧？有一次，另一位嘎小就栽进水沟碰掉两颗门牙。几位家长忐忑不安地去找，竟发现，五六个最顽皮的男孩聚在家属院小卖部门口，正正经经地、脸色严肃地在商量什么事儿。一见我，我家嘎小惊喜地道：“妈妈！你有四两粮票吗？”

“莫名其妙！不回家吃饭，要粮票做什么？”

“我们要看老师去，凑了两角七分钱买一包饼干，就缺四两粮票了。”

五六个嘎小捧了一小包饼干去看班主任，被老师逼着当场分而食之，然后，一人兜里揣两个大苹果回家，高高兴兴地说：“老师明天来上班啦。”

我笑曰：“那你们又可以大显身手，多写几次检讨啦。”

几个最调皮也最粗心的男孩，在暮色中，饿着肚子，一分一分地凑了两角七分钱，以买“礼物”去看惯于罚他们写检讨的班主任老师，是个很有趣的场面。

当嘎小长大后，我问：“你上中学时，印象最深的事是什么？”

“是初中班主任的那次‘民意测验’。”

六十个初中生实行无记名投票，“选举”最调皮的学生。条件是：上课不好好听讲，作业常不完成，淘气的才能精致全面。嘎小荣登榜眼，状元被中学老师的儿子夺去。“民意测验”后，中学班主任便下请帖请名列前三的家长，对我们家还特别声明：“别叫那个妈妈来！她瞅着她儿子捣蛋还高兴得不行！”于是，我家嘎小再次被爸爸狠狠触及灵魂，差一点就触及皮肉。

“为什么对这么不露脸的事还记忆犹新？”我问嘎小。因为他做了大学生后，还去看过初中班主任。

原来，嘎小记得特别清楚的，是“民意测验”后班主任的谈话：“最调皮，并不是最坏，而是把聪明才智用错了地方。老师相信，如果你把调皮的心思移一半儿复习功课，多么难考的高中，老师也给你打包票。人生能有几回搏？男子汉嘛，指望你们几个为班级争气呢。”嘎小中考果然超过重点高中的分数线十几分。

不久前，听说青岛大学的写作课竟把嘎小在大学二年级时写的文章作范文讲。照我看来，那文章不过是大学生“玩主”的行乐图而已。我讥笑嘎小道：真正该讲的，是那些检讨。

难道不是吗？如果不是中小学老师像阎王判官般严格监督，嘎小肯定会被一味娇纵的妈妈惯坏，而不会“树大自然直”。梁实秋先生曾风趣地说，歪脖树怎么大也长不直。

何况，那些无所不有的检讨也锻炼了嘎小的写作能力。谁都承认，勤于动笔是写作捷径，哪怕被迫地时不时写点儿检讨。

我写此文后不久，嘎小出差到冰天雪地的东北，写篇《冰天行》，在报纸上发表了。我三哥曾说过，每只母鸡都认为自己下的蛋格外圆。我觉得我家嘎小写的文章，观察生活细致，行文风趣幽默，遣词用字准确，一点儿不比中文系科班出身的教授爸妈差。只可惜嘎小不乐意继承我们的事业——用他妹妹吐字还不太清时的形容是：整天坐在那儿写继（字）！

1992 年 4 月

附：

冰天行

牛新军

到了白城才真正体验到什么是冷，扎人的冷，这是一种在火炉济南找不到的能够冻进记忆里的印象——出奇的冷。

从地图上看，白城在吉林的西北角上，毗邻黑龙江和内蒙古，是一个汉族、蒙古族、朝鲜族多民族杂居的地方。在北去的火车上，听一个老运转车长唠叨说，白城是个大风口，民风古朴而剽悍……我不禁对这个憧憬多时的地方莫名地生出一种恐惧来。

出了车站，感觉入夜的白城并没有什么不同，静静的，就像山东的一个小镇，不同的只是多了一样东西——雪，铺天盖地的雪。乍见这白色，这雪，两天火车上的颠簸、劳顿、疲惫和那点恐惧皆被我抛到了九霄。我跳到广场的雪堆里面蹦啊蹦起来，雪在脚下吱吱作响。在这万籁无声的夜里，这陌生的小城竟把满心的舒畅、惬意蓦地带到我们身边，不留给我们一丝准备的机会。

尽情宣泄后，感到鼻孔里有点疼。请教当地人知道，在当地零下 30 摄氏度的气温里鼻黏液和鼻毛会马上冻在一起，吸气时鼻翼的肌肉收缩扯动鼻毛，就会感到痛。没想到，对白城的冷第一种理解竟是疼，鼻子疼！

坐上市内唯一的一路公交车，不到两分钟，就到了第一站，站牌上写着一个非常奇怪的名字——一商店，我有些诧异。

“是不是觉得挺怪？”旁边一个小伙子说，“下一站‘二商店’才热闹呢。你们去了指（准）定喜欢……”

二商店是个餐馆、商店麇集的地方，小伙子极力邀请我们下车看看，并介绍他就在附近开餐馆。我想起来，这个面色黑黑的小伙子在火车上就见过，一看就知道是个热心的爱说话的年轻人。但是我们已经联系好了宾馆，于是就婉言谢绝了他的邀请。

过了“二商店”站，不一会儿，车又停了下来。我和两个同事不禁相顾莞尔，只见站牌上赫然写着“三商店”。

原来以前在漫长的冬日里，当地人是很少出门的。偶尔出一两次门，也是为了到商店购买柴米油盐这一类生活必需品，久而久之，商店就成了人们见面、约会和交流信息的地方。

“去哪儿？”

“和某某约好在二商店见见面。”

这是在白城经常听到的对话。约定俗成、自然而然地，这些名字也就成了公交车的站名，并代表着方圆两三公里的地方。

我们在三商店附近的一家旅馆安顿下来之后，顿觉饥肠辘辘，趁着暗淡的灯光，在小城的柏油路上三转两转，不承想又来到了二商店。这是一条比较宽的街道，路两旁杆子上高挂着许多幌子，大都用红布做的，呈灯笼样，下面有一些布条随风摇曳，街上冷清清的，并没有几个人。才八点钟店铺就都打烊了。早听说东北人不过夜生活，这才信了。走了几家，都关门了，不禁有些泄气。

“喂，南方人。”我被后背上的一击唬了一大跳，回头一看，原来是车上的那个小老板。他正喜滋滋地看着我，龇着一嘴黄牙，手里抱着一堆冻干的牛下货。“走，到我店里去，给你们尝当地名吃。”

小店还挺干净。一进屋，小老板就朝屋里喊：“喂，有几个南方人要吃饭。”

他这一喊，倒把我们几个给喊愣了。周围瞅瞅，没旁人，就我们仨。这时，老板娘已经过来，非常热情地招呼我们：“是刚下火车吧？快里边坐。”

我们这才悟过来，敢情他把我们三个足斤足两的山东大汉当成南方人了。入乡随俗，我们三个“南方人”也只好被请了进去。

一一就座，小老板就开腔了：“整啥吃？”

“那就瞅（拿）点牛肉吧。”我们当中的“老东北”老李师傅应着。

“那咋整？”

“整熟了就行。”

“那就烤吧？”

“嗯哪。”

小老板很麻利，不一会儿就端上来一个圆桶状镂空的铁架子，一会儿又在上边放一个挺大的平底铁盘。在下边放了几块酒精块，然后往盘子里倒了一些油，又撒了一把盐和芝麻。我们几个，你瞅瞅我，我看看你，都挺纳闷，又不敢吱声，只好都这么憋着装内行。小老板点上火，就端出了三盘鲜牛肉。油滚了，他把牛肉倒了进去：“来，别闲着，拿筷子搅，对，就这么搅。”

这烤牛肉的确味道鲜美异常，肉嫩嫩的，还带着一股芝麻的奇香。小老板又教我们当地发明的一种新吃法：把啤酒倒进盘里边和这牛肉一起烤。果然不凡，经啤酒浸裹后的牛肉极为糯软，放到嘴里就几乎要化了。屋外北风肆虐，滴水成冰。屋内炉火熊熊，热气腾腾，火光映照着三张红红的脸。不知不觉三个人竟吃掉了六盘牛肉，喝了一捆啤酒，真是大快朵颐。小老板一直陪坐在一旁，间或问道：“好吃不？还整不？”

这间被油烟熏得黢黑的小屋竟给我们三个外乡人带来一个十分快活的夜晚。

结账的时候，老板娘给了我们一份账单，上边写着二十九块五。嗬，这么多东西才给算了这么点钱，真让我们三个经常出差而且经常被宰的人感到意外。老李付了五十元一张的大票，小老板翻箱倒柜也没有找齐找头。老李说：“算了吧，不要找了。就算交个朋友吧。”

小老板立刻脸红脖子粗，说：“整啥？要交朋友，才不能多要钱。你们不是住在粮油招待所吗？如果觉着不过意，过两天我找你们，咱们好好地喝一顿。”

你争我夺，这五十块钱到底没能给小老板放下。外面挺冷，小老板又抄着袄袖子送了我们好远。

吃完烤牛肉的第二天，我们就开始工作了。事情太多，在白城待了两星期，竟没能腾出空去小老板的店里吃饭。小老板也一直没有来。临走的时候，只好把二十九块五毛钱留给宾馆服务员，请她代转小老板。

回到济南，同事争问东北如何冷，我却嗫嚅地说不出什么来；再要问急了，就不觉猛蹿出一句：“烤牛肉？烤牛肉，好吃！”

“这人痴了！”同事们讪笑着，摇头散去。

1992年

多绰号的大猫猫

小妹面有喜色地打开她带来的篮子，一只精致的猫头露了出来。孩子们欢呼：“波斯猫！”

那猫，乳白色皮毛细腻柔软，两只眼睛一只绿得像碧玉，一只红得似玛瑙，“咪呜”一声，娇滴滴像个公主。女儿把波斯猫抱在怀里，那猫一动不动，温顺至极——这是种高度驯化的猫。

外子发话道：“咱家只能养一只猫，你们留它，就得把大猫猫送人。母子三个爱猫，可是喂猫、倒猫土的是谁？”

儿子跳了起来：“大猫猫呢？”跑了出去，一会儿，把我们那只黄背白肚的花猫抱进来。这“小子”刚称过，整十斤。它长着硕大的圆脑袋，虎背熊腰，狮形豹步，威风凛凛。我家的客人有人称它“将军”，有人唤它“大相公”。美国哈佛大学女博士蔡九迪说它通人性，呼之曰“情猫”。

黄猫一见猫客人，愤怒地叫了一声，发出吓唬人的嘶嘶声，尾巴奓得老粗，迅疾把爪子伸向波斯猫。如果不是我眼疾手快，“猫公主”脸上非开花不可。小妹火了：“快把你们的猫强盗抱走！”

黄猫已经蹿进书房，儿子女儿尾随而去，他们拍着手又笑又叫的声响传了过来：“猫打滚了！猫打滚了！”马上要升大学的儿子还在同猫对话：“这么好的猫？你一向和我誓不两立，今天怎么来讨好？你知道有人要夺你的地盘，让我给你撑腰？……”

小妹带着波斯猫怏怏而去，因为两个孩子斩钉截铁道：“我们留大猫猫！大猫猫是全世界最聪明的猫！”

如果把两只猫拿到猫市上，黄猫不及波斯猫价格的十分之一，可孩子们有自己的价值观，不留那陌生的猫，尽管它名贵，偏留大猫猫，尽管它顽皮、捣蛋、撒野。

一位同事开玩笑说，人们爱猫，宛如爱夫妇中的另一方，哦，不，有的人对另一方尚见异思迁，对猫却不，更确切地说，猫可和子女并列。

有位英国女富翁的猫被绑架，她用两千英镑赎回，如父母赎子女。一家日本人为死去的猫开追悼会，有人探问：“您死去的猫是公是母？”答者涕泪交流道：“是我们女儿！”

我的两个孩子早已自称是猫的“哥哥”“姐姐”。儿子称花猫为“妈妈的宝贝猫儿子”。女儿则细心地声明，她仅是猫的表姐，因而派送波斯猫的小姨做大猫猫的亲妈。大猫猫自从战胜了波斯猫客人，保住了自己的地位，便被两个小主人命名“波斯猫”。

猫有无穷的花招及无数的绰号。

一曰“猫游击队员”。猫喜欢藏在房间一隅，猝不及防地扑向“姐姐”，用前爪亲昵地抱住“姐姐”的腿，让她拖着在地板上走。

二曰“猫守门员”。当“姐姐”做完了作业，就用小皮球做足球，把猫放在写字台空当。“咪咪，守门！”球“啪”地飞向“球门”，猫立即凌空跃起，准确无误地扑出球，百发百中。“姐姐”乐了，说："咪咪是意大利守门员佐夫，来，带球！"花猫立即四蹄并用把球盘走，那利索劲儿，绝不亚于马拉多纳。

三曰"猫强盗"。猫喜欢"拦路抢劫"。当"姐姐"从床边走过时，猫会站在床沿上，猛地一把抓住"姐姐"的小辫。"姐姐"把此当成有趣的游戏，来回躲闪着从床头跑过。不管跑多快，猫总能抓住飞扬的小辫。不久，"姐姐"同学中有好几个自愿加入"猫姐姐"行列，来同猫捉迷藏。

四曰"猫运动员"。这是猫最不喜欢的"职业"。可"哥哥"硬逼猫干。有时，他让猫"学学李宁"，凌空翻一个跟斗。有时，他让猫"当科马内奇"，把猫的前爪搭在门框上，猫便用一个漂亮的高低杠动作翻上去。有时，"哥哥"索性摆出拳王阿里的姿势，横拳、直拳、勾拳，向猫打去。猫被迫自卫，伸出一只前爪奋力挥过来，眼睛却紧闭着，以防挨上一下。每当此时，我就把那个总像长不大的高中生轰走，骂他"还不复习功课"。而花猫呢？委屈地咕噜着，舔舔我的手。

五曰"猫闹表"。猫准时在清晨差十分 6 点醒来，跳在书柜上大叫，似乎提醒家人：到上学、上班时间啦！夏时制结束后，猫仍按原来钟点"啼晓"。我把它从书柜上捉下，按在床上道："夏时制结束了，猫猫再睡一会儿。"只有两天，猫便改过来了，仍然差十分 6 点"啼晓"叫醒家人，按冬时制。

孩子们吃早饭时，猫坐在冰箱上，歪着头看人们吃饭，一声不吭。孩子们背上书包出门，猫立即从冰箱上跳下，边在外子腿上蹭边"喵喵"叫，俨然声明："轮到本猫开饭了！"外子赞猫"食有序"，精心喂之。吃过早饭，猫便卧在床上有太阳的地方，用"姐姐”哂之为“母鸡下蛋”的姿势呼呼大睡，到 11 时半，猫准时在门厅等学生们放学。摆午饭时，我常需东喊一声、西喊一声，女儿在看卡通片，儿子在听音乐，只有猫知道午饭、晚饭可以随家人讨得一些鱼肉，早早占了一把椅子，蹲坐而等。我数落说：“你们没一个听话的！猫猫是最听话的孩子！”

猫白天自顾自睡大觉，夜晚却必须等全家人归来才肯去睡。有个阶段，“哥哥”为升大学临阵磨枪，常 11 时才归家。猫就很耐心地等在门厅，歪着头听楼梯上的脚步声。有一次，“姐姐”因肺炎住院，猫在门厅蹲到深夜 1 点，还不见“姐姐”归来，猫以不可抑制的悲哀大嗥欲嗄，叫得我潸然泪下。

猫显然认为它是家中不可或缺的一员。有时，全家聚在书房听音乐，猫也摇摇摆摆走来，到屋中央，倒地打一个滚儿。看看没什么反应，猫就一边“咪呜”一边用圆圆的大眼睛逐一看家中的人，似乎提醒：“怎么冷落本猫？”有人说一句“这么好的猫？”猫高兴了，连忙再打一个滚儿，用前爪把尾巴圈在头上。

大猫猫虽然不及传说中苏联那一只会用俄语说“我要散步”的猫，却懂很多汉语。倘若说“这么好的猫！”它会和善地舔人。若说“打死！”它立即扑上来又撕又咬，如果被咬者声明“谁敢惹猫呢？”猫便高傲地走开，以示宽宏大量。猫最好奇，家人从外边归来，它总要跳上沙发或桌子，认真看看包里带回什么东西，可是孩子们的书包一天两次带回家，猫从来不屑一顾。猫还获得一个经验：如果它一屁股蹲在正写的稿纸上，往往可以获得一点好吃的，例如鲜嫩的玉米或清脆的黄瓜。于是猫常照此办理。有一天，我正急如火烧地赶一篇稿子，转身工夫，猫又一屁股蹲在稿纸上了。“下去！”我不假思索地把猫拨拉下桌，继续奋笔疾书。过一会儿我去厨房续茶水，忽听得“哧！哧！”声，慌忙奔回卧房，只见猫正蹲桌上，认真地用前爪撕刚刚写好的几页稿纸。它得意地瞟我一眼，一溜烟钻进床底！我只好重写，也煞是作怪，居然比原先写得好了点。看来我的文章都应当让猫撕掉重新写。猫因为绝无仅有的一次撕稿子——有意为之的撕稿子，被孩子们命名为破坏工作的“猫反动派”。

猫绝对深谙伺机报复之术，撕稿纸仅是一例。有一次，“哥哥”与猫进行“拳击比赛”后上学去了，门锁一响，刚刚屈居亚军的猫便马上跳上书柜，对准“哥哥”最心爱的录音机大喇叭撒了一泡尿，立体声变成单声道。

对于猫的劣迹，外子主张，有错必打，打必打头，“没规矩不行”。我却说“不能把猫打傻”，主张猫性自由发展。猫很快察觉男女主人的分歧，便娴熟地看人下菜碟。它对外子永远媚态十足，对我却傲慢不逊。同样说“打死”，对我，猫立咬不贷；对外子，却连忙钻床底避之。当我在厨房切肉时，猫后爪蹲在水池下层，前爪扶着案板，一有机会就从刀下抢出一片羊肉，塞进嘴里狼吞虎咽。如果此时外子脚步声向厨房传来，一秒钟前还在肆无忌惮明抢明夺的猫立即收回前爪，蹲于水池边，老老实实地歪着头等恩赐。外子见猫循规蹈矩，恭顺之态可掬，赞曰：“咪咪多有规矩！”岂不知他一出厨房，猫立即像饿虎扑食……

猫不仅游刃于男女主人间左右逢源，还能在瞬息间对客人判清“敌我”。对温和的“猫姐姐”们，猫迎候而摆尾。女孩们遂以为猫捉蜻蜓为乐，还铺好一只竹筐，悬于门框，让猫趴在里边摇来摇去，谓之“猫婴儿”，猫闭目享受之。对那些总想捉弄猫的男孩，猫从不假以好颜面，或“嘶嘶”地恫吓，或钻床底“迁都以避锋芒”。男孩们愤愤不平地说猫“喜欢丫头片子”，且“崇洋媚外”——英国博士白亚仁和美国博士蔡九迪都曾受到猫有派头的欢迎。九迪见猫对她摆出一副纡尊降贵之态，戏曰：“咪咪有泱泱大猫之风。”

母子三人有了“爱的焦点”，猫却成为家务争吵的导火索。有一天，一向不大清楚的电视突然清晰异常。外子大为诧异。两个孩子掩口胡卢而笑，我得意地说：“今天换了天线。”原来，猫正蹲电视机上，与“哥哥”“姐姐”大眼瞪小眼。外子大怒，一巴掌打过去，“猫天线”没了，母子三人全气跑了。

一家之主开始动心思要把猫请出去，一次次地说：“家里空气不新鲜，有股猫臊味！”“人还顾不过来，又添个‘猫爷爷’！”“猫半夜大叫，吓得心惊肉跳！”“猫竟然尿了李泽厚的书！”不一而足，后来干脆上纲上线：“在你心目中，我还不及那只猫呢！”

每当此时，我这个嘴不饶人者便乖巧地装聋作哑以息事宁人。一来免得事态扩大，果然对猫采取驱逐行动。二来我想也算难为他，又得千方百计呵护妻儿，又得身不由己爱人及猫，发几句牢骚，竟随他去吧。母子三人遂悄悄为家长命名“仇猫者”。

做医生的小姨火上浇油说，猫身上有多少细菌，猫能诱发什么什么病……还有：“姐姐溺爱那只猫，浪费多少时间？”

“仇猫者”大喜道：“对！她玩物丧志！”

我振振有词地反驳：爱猫未必碍学问。钱锺书特备竹竿一支，不管天多冷，一听猫叫，就起来帮自家的猫同梁思成家的猫打架。

梁实秋养了三只食性不同的猫，每只猫每天喂五次饭。《文汇》封面冰心抱了只多漂亮的猫？还有夏衍那只猫……

“仇猫者”讥讽曰：“舍本逐末。你怎么不去学这些大作家怎么治学，专学他们爱猫？”

“我留着他们的治学给你学。”我反唇相讥，“我学得来的，就只有爱猫啦！”

一位我当年在报社工作时的老上级来借猫了，说他家的母猫叫得一塌糊涂。“只借三天，保证喂好。”

“仇猫者”立时打起了如意算盘：何不让大猫猫入赘他家？老两口皆离休干部，按标准住了两套带暖气的房子，孩子在外地，那只猫住两间一厅，比一些大学讲师住得还宽敞！一听此说，我断然拒绝借猫。老上级连连许愿按时还，用小汽车把猫带走了。

接连两天，没情绪，不想吃饭，也拒绝做饭。儿子挖苦说：“咦！我上青州上学，妈妈也没这么舍不得！”好小子，倒说起我来了，你从青州往家写什么信？“亲爱的猫、奶奶、爸爸、妈妈、妹妹”，养你十几年，妈妈混得还不及那只猫咧！

“仇猫者”终于忍受不了家中的恋猫情结，气呼呼地去讨猫。老上级也正巧要往回送，大惑不解地说：“一只怪猫！两天不吃不喝，鱼肉一概不嗅，见了母猫就龇牙！”

人们常用“兽性”来形容某些人的行为，其实，没廉耻的人不如讲情义的猫。人们常说“猫是奸臣”，“猫只要有好吃的，谁喂随谁”，也不对。猫恋家，留恋自己没有暖气的家。“姐姐”给灰头土脸的猫洗了澡，猫立即吃个肚儿圆，慵懒地大睡。因为此次历险，猫被戏称为“坐怀不乱的柳下惠”。

猫最乐意对“姐姐”亦步亦趋，甚至于“姐姐”脚步声才到三楼，六楼上的猫已经迎到门厅。“姐姐”写作业，猫趴在一旁观瞧，不时用尾巴扫作业本。“姐姐”睡觉，猫冬天趴在被边，夏天钻进蚊帐。那蚊子都飞不进的蚊帐，不管掖多严，猫总能从缝隙中钻进去，卧在“姐姐”脚边。“哥哥”嫉妒了，特地把猫捉了去，猫“嘶嘶”地吼叫着，突围而走。

女儿常说：“咪咪还立过功呢！”有次，我刚烧上一壶水，两个研究生就来了。十几分钟后，猫在厨房大叫。原来水沸了，蒸汽满屋，如果不是猫，简直要出事故了。研究生们夸猫忠诚、聪明、有自尊心，还开玩笑称猫为“中国小说史的旁听生同学”。

电视上，大西洋底来的麦克正同舒拔博士斗法。脑袋硕大、胡须满面、卷发蓬松的舒拔有数不尽的坏招，却又天真稚气，像猪八戒、唐老鸭，惹人喜欢处正因其“坏”。我叹道：“舒拔像我们家的一位——”

“大猫猫！”两个孩子异口同声。

猫正趴在门框上打量舒拔博士呢！

猫又有了“博士”的称号，还是美国的——“舒拔博士”！

“舒拔博士”渐渐有了个习惯，也要看《新闻联播》，而且一定趴在“仇猫者”腿上，任何人捉了去，它一定再次跳回，忠心耿耿。

“咦，甚时候‘梁鸿接了孟光案’？”我嫉妒至极。

“仇猫者”边以手抚摩猫背边得意非凡道：“猫比你们知好歹！猫知道谁最疼它，谁喂它次数最多。猫也比你们会看眼色。”

母子三人大笑。我说：“我们干什么瞧你眼色？不瞧，也轰不出去呀！”

一要生存，二要温饱，三要发展，猫如何化仇为爱，搞好了同“仇猫者”的关系？对于三个爱猫者，始终是个谜。

“仇猫者”再也不提把猫送人的话。女儿却莫名其妙地反复患肺炎，屡治屡犯。最后，病源发现了：对猫过敏。孩子和猫，做母亲的别无选择。猫给一位爱猫的同事抱去了，女儿立时好起来。

一周后，“仇猫者”每晚都要长时间散步，我欲相伴辄被回绝，搞什么名堂？散步还掖个手电筒，有一次居然装上两只烧鸡爪子。

终于有一天，他喟然长叹：“哪儿也找不到大猫猫！”

尽管猫的新主人给它在碟里放上整条鱼，猫还是坚持绝食，五天后，将纱门撞开一个洞，逃之夭夭。

“你找大猫猫，想再抱它回来？”我问。

“找到了怎么办，我也不知道。可总想找到它。”“仇猫者”凄然道。

无巧不成书，恰好哈佛大学蔡九迪博士从美国来信，“问全家好，包括猫”。然而，上哪儿寻那只犹太女士心目中的泱泱情猫？只寻到猫最后一个绰号——“不食周粟的首阳公”。

1991 年 6 月

附：

寻　猫

《多绰号的大猫猫》发表后，几天之内，接到好几个电话。一个世交家里的妹妹在电话里哭了，说那文章叫她想起自己丢失多年的爱猫，她那只猫叫“戴安娜”，好得不得了。这位世交家的另一位妹妹却说：什么好得不得了的“戴安娜”？她那只猫是只癞猫，再丑不过！这才叫各家眼里出美猫。

最令我高兴的是，《多绰号的大猫猫》的责任编辑、著名散文家吕曰生先生看了我的文章，马上激动地打过电话来，说了好多他对我的作品从来没有的那么动感情的话。我把电话一放，对外子说：“老吕当责编，发了我那么多所谓代表作，《女学究轶闻》《祖父》《名医的风格》，都给《新华文摘》转了，他说过的鼓励话全加在一起，还不如这只猫哩！”

因为老吕也爱猫。他养的猫，在我看来，实在不怎么样，不是有名的品种，但是他爱得不行。可惜他那只猫偏偏就丢了。老吕已多年不骑自行车，为了他的猫，居然骑了自行车去过好几个猫市，包括四十里外的黄河边，想找到并赎回他的猫。结果没找到，老吕从此伤心，再不养猫。

老吕的儿子随我念硕士，后来做了文学博士，我便谐称他“吕博士”。我给他们讲中国小说史是在家中进行，恰好是冬天，上课时，研究生坐在客厅沙发上，大猫猫就趴在火炉旁。吕博士至今还自称是大猫猫的同学。

我家的猫后来不得不送人，因为女儿对猫过敏。而那猫送走后几天，就从接收它的老师家逃走。我们全家听说大猫猫绝食五天后逃走，大为难受。儿子那么个大学生，居然好意思边说猫边掉眼泪。儿子说：这么冷的天，猫猫会跑到哪儿去？我们应该找它回来，另想办法安置它。

全家出动找了好几天，终于在幼儿园找到了。幼儿园的人说：最近刚来了一只大黄猫，成了地下室群猫的领袖！

我们想把大猫猫“请回来”再送给一位非常爱猫的世交妹妹，连续好多天，全家出动到幼儿园捉猫。没想到，大猫猫已经跟我们生分了，见到我们时，似乎相识，似悲似喜，却怎么也不肯给捉住。后来我们还看到这只猫带了一只大肚子猫一起跑。于是，儿子伤心地说：“我们伤害了猫的自尊心和感情。送到那位阿姨家时，我们去看它，它从床底下跑出来，可怜地舔妈妈的手，妈妈就是不肯马上把它带回家！猫猫怎么可能再认我们？”我说，算了吧。人家大猫猫现在已经成了那么多猫的头领，宁为猫首，不为人后，人家已经“妻妾成群”，怎么肯再回家做“和尚”？孩子们的小姨也说，我早就看着大猫猫会有所作为，果然成了头儿！猫有猫的天地，再说，地下室冬天也不冷，随它去吧。这样说了之后，孩子们遂不再去找猫，但是常说，4月12日是猫的生日，猫现在在哪里？

无独有偶，我们在寻猫时，每天都看到关德栋先生也在幼儿园附近转悠，还不时伏下身焦急地往地下室深处瞅。关先生是著名民俗专家，他这是干吗呢？

我问：“关先生，您干吗呢？”

“你看见我的大白白没有？”

“您的那只白猫？我前几天在这里找猫时见过。”

“什么时候？在什么地方？”关先生问得非常详细，好像福尔摩斯探案一般认真，然后就推断说，如果你某一天见过我的猫，它就是第二天丢掉的，这是条重要线索……说着，急忙走开继续找猫。

关先生家的大白白是波斯猫，漂亮至极又温驯得很。它每天按时到楼下散步，没想到却被什么人捉走了。关先生的女儿说，现在有些人专门捉猫，品种好的就卖钱，品种一般的就剥了皮将猫肉充羊肉，再将毛皮卖掉。她一边说一边眼泪汪汪。她已经到过好几个猫市，想找到并赎回大白白，可就是找不到！我听了后劝慰她：你家那么漂亮的猫，不至于给剥皮的。关小姐就气呼呼地说：在所有的小偷里，应该把偷猫者从重处罚！

在有丢猫经验的泉城文人中，最幸运的是诗人桑恒昌。他家的猫叫“雪里站”，浑身全黑，四蹄纯白。据说因为家中无人照顾猫，老桑曾把这只猫送给四十里外的一位朋友。没想到那只猫居然寻寻觅觅，从四十里外跑回家。老桑从此不再动把猫送人的念头。听说他的女儿自称在家地位不如猫。我偶然到老桑家去，看到他的两个女儿，就问：你们哪个不如猫啊？回答是：两个都不如猫。

老桑煞有介事地说，猫对他那么有感情，是因为他精心喂养。早上吃五角钱大约二两牛肉，中午喝一碟啤酒，晚上吃两片食母生。大家听了，颇不以为然。先不要说世界上还有三分之二没解放的人民，非洲还有快饿死的，就以我们这些人来说，哪个能精准到每天吃上二两牛肉？照这么说，我们还不如上你家里当猫哩。

诗人的猫那么得宠，却没有大名，不像北京作家赵大年的猫。赵大年自称在家中的地位在所有人和猫之后，并给自己的猫按孩子名字排行，曰“赵文猫”。

1992年9月

移 家 记

蜗 居

1980年,我住的房子里间是我们夫妇的卧室兼书房和会客室,约十二平方,放一张大床,房间四壁是书架、衣橱。窗下两张备课用的桌子紧紧挨在一起,里边的人要出去,外边的得站起来。冬天生火炉,在火炉上做饭,卧房又兼厨房之职。有位留学生来找先生辅导论文,日本人讲礼貌,边跟老师说话边倒退着进房,差点儿一脚踩到老师的锅上!外间更挤得无法形容,九个平方,却要住奶奶和两个孩子,摆大床、小床、饭桌各一,能走路的空间只有两个平方。兄妹二人在床上用被子构筑“街垒”,进行想象战争,嘴中枪炮,声震屋瓦。“七岁八岁狗也嫌”的儿子,有许多当时气得人七窍冒烟、现在却成童年趣事的事。

那房子的样子很像《蓝眼睛·黑眼睛》里瑞典留学生马尔克眼中米丽老师的房子。擅考据者以此判断作者即人物原型。《蓝眼睛·黑眼睛》并非那时动笔,山东大学提职称靠论文和专著,创作从不算数。我是完成教学科研任务、职称爬坡之余,见缝插针写作。我的桌子常要让给儿子写作业,我只有半张桌子的使用权，故我所谓“早期作品”如《煎饼花儿》《祖父》《蒲松龄评传》可统称“二分之一桌札记”。

幸好有个小院，不仅可以养花、种菜，居然还喂了群鸡，在什么都靠“票”的日子里，自产鲜蛋是何等好事？有一利必有一弊：我们有鲜蛋吃，而鸡是长翅膀的，会往邻居家飞。我的芳邻，用奶奶的话来说是“他孔阿姨”即历史系孔令仁老师。她在墙边种几棵丝瓜，浇水、施肥，精心侍弄得眼看要开花，却给“天兵天将”啄个满地狼藉。孔老师的夫君由老师常带点儿火气地用力把鸡掷过墙头，如果是孔老师捉住罪魁，则轻轻送过墙头。我观而笑曰：孔老师到底是圣人后裔，如果是我，说不定把邻居飞来的鸡煮吃了，然后就像《聊斋》写的，自己身上长出层鸡毛！孔老师用树枝之类加高墙头，鸡们照飞不误。直到学校禁止养鸡，母鸡被送回老家，孔老师的丝瓜才得以安然生长。孔老师后来做省政协副主席、全国妇联副主席，再跟她一边大说大笑一边喝加柠檬的咖啡机会就不多了。

我跟孔老师隔墙而居，物理系陆大荣老师则住楼上。陆妻是大夫，孩子有病，我就“矛盾上交”：“上楼找辛阿姨去。”内分泌专家兼顾儿科极为尽职，我却从不给医生送礼，只有一次我虚张声势宣布要送双高级软底拖鞋给她：“免得你整天在我头顶上‘呱嗒呱嗒’地跑！”

第二天，大夫就换了软底拖鞋，我对大夫的自觉性表示赞赏。她笑道：“放心大胆地睡歪了你那小鼻子吧！”大夫还送包煎饼给我，说：“你不是写什么《煎饼花儿》？该给你吃！”

我忙说：“谢谢大夫！顺便提个醒儿：我下篇文章题目叫‘烧

鸡腿儿’！”

我们两家男孩在一个班，男孩间发生战争时，多半是我们家的揍楼上的，楼上小家伙打不过又气不过，就跑回家对准我放写字台的位置狠捣地板，以示抗议。每当听到固定位置的咚咚声，我就知道是新一轮战争的受害者向“白宫”示威，马上将我家小子臭骂一顿。和平是战争的继续，没过两天，有人敲门，是陆家男孩，我心中暗笑“啥时候孟光接了梁鸿案”，堵着门说：“明明，不要进来了，斗斗不在家。”“我等他。”小家伙边说边从我的腋窝下挤进门，找出知侠送给我家小子的《铁道游击队的小队员们》看起来。我故意说：“我一会儿得到中文系拿报纸呢。”小家伙说：“你放心去就是，有我看门哩。”

“制高点”

1985 年我们搬家。学校分房政策是：职称（职务）+ 工龄。较过去的只论工龄和级别已是极大进步，但我们的工龄仍比不上 50 年代参加工作的干部或炊事员，结果排到六楼，是当时学校最高住宅——按国家规定，再多一层就得装电梯了。儿子说：“我们占领了学校制高点，拿一把机关枪就能封锁整个山大。”

念中学的儿子依然跟大多数男孩一样，是“好战分子”，对超级大国的先进武器，什么隐形战斗机，什么地毯式轰炸，如数家珍，却已不再跟妹妹玩战壕游戏，喜欢踢足球、听流行音乐、玩猫并以“猫哥”自居，经常模仿拳王阿里跟猫来场重量级争霸。大猫猫更嘉许的是念三年级的小辫儿姐姐。

这次搬家，初中生的儿子几人一伙儿，把床搬到了楼上。这些帮助搬家的半大小伙子，是几年前有路不走墙上走、小朋友之间一天打几架的角色。岁月如梭，儿子在家中起作用了，当然，无奇不有的捣蛋仍是“主旋律”。

房子比原来大许多，三室一小厅。一老两小可以分开住，“重器”亦多矣：全自动洗衣机和十九英寸彩电有了，买了套后来称“老式”的沙发，我们卧室换上两张单人席梦思，老太太坚持换大漆带雕花“围裙”、二米四长的藤床，只有儿子仍是原来的单人铁床而且独立了。他“独立”最突出标志是：不失时机地在家中得到某笔稿费时，坚持买台双喇叭收录机，震天响地放音乐。我常常恨不能把那天杀的收录机砸了。终于有一天，受了“哥哥”气的大猫猫报复性地往喇叭上尿了一泡，双响哑了一响，全家“弹冠相庆”。

儿子卧室兼做会客室和书房、研究生教室。上课时，研究生坐沙发上边听边记，猫趴在火炉边，研究生说，他们有个猫同学。

六楼令人望而止步。《高山下的花环》作者、我谐称“黑兄弟”的李存葆知道我们夫妇“出无车”，参加某些文学活动时就好心地带车来喊我们。他不肯爬“制高点”，我们家又没电话，存葆来了，辄在楼下用吐字不清却震耳欲聋的山东口音大喊：“马教授！牛教授！”楼下人笑曰：女生楼在校内，这黑脸军人怎么跑我们楼下喊什么“娇秀”？

“制高点”不仅听不到别人吵，还“风景这边独好”，站在阳台上，不需种菊东篱下，就悠然见南山，远远地能看到郁郁葱葱千佛山上的电视转播塔。高有高的好处，也有高的难处。两人抬一瓶液化气，需要几次休息才到顶楼，幸好三年后通了煤气免除了一份苦力差事。顶楼冬冷夏热，冬天烧两个火炉，晚上需要灌热水袋。楼下取蜂窝煤，上下一百多级台阶，一次搬十几块，还不够一天使用。到了夏天，房顶又像着了火。当一楼 30 摄氏度时，我们六楼就到了 36 摄氏度；地上洒水，一会儿就干了。能够发挥一点作用的就是电风扇。门厅一个，吹着吃饭；儿子房间一个，吹着上课；还有一个小风扇在祖孙卧室，终夜不停。

一住满五年——根据学校的规定，每分一次住房，需要住满五年才能调新房子——我们立即再次搬家，来到老校洪家楼。

“贫民窟”

选择山大老校宿舍，其一是听说盖房就装暖气，其二是可降楼层。没想到，那暖气四年之内一直是聋子耳朵；楼层降了，院内环境也降了。我曾写篇《全国重点大学的宿舍场景》，向来对稿子照用不误的报社客气而坚决地退了稿，编辑真诚地说：揭疮疤不如唱赞歌好，我们可不想捅什么马蜂窝惹山东大学。

宿舍里到处是违章建筑。七高八低的小平房，五花八门的篱笆墙，还有从平房顶上伸出的粗细不等、大小不一的烟筒。我住在二楼，我正对面的院内有人盖间小房，加工猪头肉外卖，滚滚浓烟伴随刺鼻的猪肉味扑向我的窗口。宿舍外的路，晴天垃圾遍地，雨天汪洋一片。我后来在长篇小说《感受四季》中写历史系讲师孟繁仁骑车上课将备课本掉到泥水里的情节，就是从这里借鉴的。

虽住的地方谓“贫民窟”，邻居却个个宛如来自君子国。楼上楼下，楼前楼后，不管是老师还是工人，一家有难，整个楼洞来帮。我们在环境相当糟糕的院子住了七年，心情一直很舒畅，我的许多作品在这里完成，职称一再晋升，家庭布局也在变化，先是儿子宣告独立，后是我获得人生最重要晋升——成为奶奶。

当院内环境一天天变好时，我们却要离开这个自然环境令人烦恼、人际环境令人留恋的小院。在香港回归祖国的日子，学校住房有大举措，要盖所谓“博导楼”。

“博导楼”

“博导楼”是学校一再对外宣传的口号，真正分房时，因为要照顾校领导和老干部，照顾虽不是博导却做过博导的老师者，较年轻的博导都意识到：自己或分到人们相对不看好的老校，或分到新校六层即顶层。有人气不平，给我打电话说：你这个省政协常委该出面说话，校方为什么挂羊头卖狗肉？宣传那么长时间的“博导楼”，真正分房却把大部分博导塞到顶层？我淡然笑曰：省点儿心好好看书吧，什么时候教书的能排到领导干部前头？饮水思源，不能忘了老干部，“不是博导倒是博导的老师”更该先挑。其实，所谓博导也不必自我感觉良好，博导算什么“猫儿眼”？国外只要有研究经费，讲师也能带博士生。国内把“博导”单独列个阶层，又给省政府津贴，又以“博导”名义造房子，本身已捡个大便宜，就像《猫城记》写的：有好处就捡着罢！做什么还挑三拣四？

搬家时，儿子“牛经理”成了总指挥。他指挥着整个装修，研究图纸，决定大政方针；他跟木工讲价钱，决定装修样式、用料、格调；他带着车拉装修用料，检查工人们装修是否有问题。

房子法定主人成了“多余人”。“你不要管！”“没你的事儿！”直到“少掺和！”如果我们两人想提要求，无异于极大错误，这错误还常是常识性的、低级的。而儿子总能考虑出新点子。包门的边角废料，依我看丢掉算了，儿子却让工人一块一块拼接起来，做成餐厅一面精致的“墙”，后来谁看到谁叫好。不断有人来学习、模仿我们的装修，以至于“家长”得意地说，他要申请专利了。事实证明，我们的观点不行了，审美眼光也不行，经济眼光更不行，书生气十足。儿子长大了，成了知道顾家、治家，能在社会上立脚的人物。

儿子接受了我安排书的全部“请求”，二十多平米的门厅周匝做上书架，照儿子看来该全部丢掉的七个大书柜也全部移入书房。搬家时搬家公司搬了三大车，两车半是书，家具只半车。女儿嗔道：就是你们的书占地方，最好全部处理。我说：教书匠丢掉书，岂不什么都没了？

新房子在四楼，房前房后，杨树参天，绿叶婆娑，满院子鲜花，从3月底月季花开，直开到11月中旬。我把这些花命名为“老干部的花”。几位退休老干部成了花匠，将小小院落装点得姹紫嫣红。走到院里，满眼芳菲；早上经常被鸟儿从梦中叫醒；下雨时，雨滴在杨树上，淅淅沥沥。

我们搬家没多久，宿舍旁建起大广场、大超市，休闲有休闲的地方，购物有购物的地方。刚搬到“博导楼”时，我那在物理系任教的侄儿来看望，艳羡不已。我说：慢慢熬吧，我在你这个年龄时，做讲师，住三十平方的房子！

没想到，仅过两年，这个比我小近二十岁的角色破格升为教授，当上博导。又过几年，他建议我再次搬家，跟他住同一个院。我上学时，这里是农场。

重回“制高点”

2005年搬家是我在山东大学最后一次搬迁，也是学校最后一次“分房”。

山东大学早已合校，全校分房排队，在教师中我排名第二，可供选择的房遍布济南各区，有各种类型，大小高层都带电梯。看来看去，我居然选了个不带电梯的六楼。

侄儿劝我到他住的院里看看，户型位置都好，“你的分数可以挑任何一层”。我去看房遇到在外语学院工作的老同学，跟我职称工龄相同，因大几个月排名第一。他准备挑六楼，把岳父母接来。“你何不上六楼看看？阁楼简直是多一层！”

哇！楼上这么大地方！不仅两家孩子都来也有地方住，我的书也可以彻底见天日了！即使住“博导楼”，大部分书还放床底下或楼下储藏室纸箱里，需要时总找不到，只好到图书馆借。住这儿，几十年积攒的书可以伸展了。

我们一下子有了四个书房：一曰楼上大书房，“家长”亲自设计，在楼上做上宽五米、高四米，十层十格大书架，我亲自上高爬梯，将书安置好，每本书都看得清清楚楚，用哪本拿哪本；二曰楼下小书房，儿子给买来款式不错的书橱，十几种《脂砚斋重评石头记》、聊斋手稿本、鲁迅全集等排列其上；三曰“备用书房”，“博导楼”书架舍不得丢掉，拆过来安到二十几平方的地下室，平时用不着的书都摆在上边；四曰袖珍小书房，楼下阳台较宽大，也安上书架，将平时常看的书摆上，这里流动性最大，可能一个月就换一次。

中央电视台《百家讲坛》总策划解如光来我们家，楼上楼下转一圈后说：我最爱这前阳台，阳光明媚，鲜花盛开，沏上茶水，听着音乐看书，好日子！

对了，我还有个“秘密书房”——楼上的衣帽间有两个书架，放满我最喜爱的侦探小说。2009 年易中天来访，我们要一起给山东电视台做“曹操 PK 王熙凤”对话节目。易中天说，他得找本书在回厦门的飞机上看，楼上楼下转一圈，最后蹲到侦探小说书架前，说：这个好！

说来好笑，原来我这几十年搬来搬去，不为人，竟是为书！

十年后，大概是人生最后一次移家。严格地说不叫移家，是“狡兔”进入第二窟；也不再是为书而移家，而是阴差阳错……

鸠占鹊巢

我选六楼时，很多朋友不看好。大师兄李希凡担心地从北京打来电话劝阻：“你也越来越老了，爬六楼，说不定哪年就爬不动了。还是不要挑六楼。”

我大逆不道地回嘴调侃：“爬不动就爬烟囱呗。我的书总算有地方放啦。”

孩子们也担心，“笨人”如果腿脚不灵时咋爬六楼？

“笨人”是女儿给爹妈起的绰号，大概因爹不会敲电脑，而妈只会敲电脑？ 2008 年星云大师邀请我们访问台湾，那时还得从香港转机，按规定可以在香港旅游一周。女儿却下令：“老老实实从香港直接回家！你们到香港玩，万一丢了笨人甲或丢了笨人乙，或者都丢了，咋办？”

如果“笨人”爬不动六楼，咋办？这是儿女的心事。

于是，儿子在媳妇单位集资建房时挑了一楼，方便父母住。环境没说的：媳妇供职的学院本身是4A景区，不远处是森林公园。我们好奇而愉快地住过，炎炎夏日，凉爽到电风扇也不用，空气绝对清新。什么都好，就是去山东大学文学院和校医院太远。梁园虽好，还是回六楼方便。

于是，跟公婆住一起的女儿首付加公积金贷款，买下某小区的电梯房，方便“笨人”住。“笨人”说：爬不动时就去住！

其实爬楼是锻炼，2005年刚住六楼时，上六楼需中间停一次，十年后，居然可一气爬到六楼。“爬不动”暂时还没提到日程上。

可是有人要“鸠占鹊巢”了，哪个？孙女阿牛在离山大宿舍不远的重点高中读书，马上高考，如果住奶奶家方便走读，可回家吃饭。房间够多，可三代同住，但爷孙生活习惯不同，还是爷给孙腾地方吧。现在不是有句时髦话叫“高三控”？连警察在内，所有人都给高三生让路，何况爷奶？

被岳母谐称“拖拉机”的女婿，收房后，一年刷个房，再一年铺地板装门，又半年，进家具电器。2016年3月中旬，笨人终于入住新居，阿牛却不肯住奶奶那里。人家习惯在自己的小房间复习功课，也不相信住两位所谓老博导的房子，“风水”就利于高考。结果不住奶胖的房子，小美女也顺利考入一所“211”大学。

岁月如梭，当年我们住“贫民窟”时，被奶胖兴奋地形容为“眼比嘴大”的阿牛刚出生，爷爷奶奶还能骑着自行车跑十几公里去看宝贝孙女儿。现在阿牛成大学生，廉颇老矣，还能骑车否？

世事如转圜，原计划小鸠占老鹊巢，没想到促成老鸠占小鹊巢。

新巢优点多多，一个优点是环境比较清新，旁边有小山可以爬。不爬楼却爬山，是不是黑色幽默？一个优点是离儿女近，过去儿子来家吃饭，通知十分钟到达，往往在高架桥上堵半小时，现在儿子从他家步行十几分钟到父母家，真成了“绿色出行”；女儿隔两个街区，说来，放下电话，很快就到。对于“全国第一堵”的泉城，这是多大优点？我对“家长”笑道：“咱们住这里，岂不成那两个家伙的饭店了？”还有个优点是比较容易“隐居”，不想干的活儿，让你们找不到！没想到，迁居不久，电视台和出版社的人还是一个一个、一家一家找了来，派活儿。说得好听：您住在这儿挺幽静啊，给我们写东西更可以全神贯注啦！八月中秋，一家出版社干脆将一整只切割好的冷冻太行山羊递到新居。

更没想到，教师节到了，“家长”的学生、我的学生陆续找到新家来看老师。

“请问牛老师，您现在哪个家？”问话者是十年前毕业的韩国博士生安炳三，一家四口刚下飞机，就从接机的师兄那里知道老师如何如何。问清楚老师在哪里，韩国学生携妇将雏登门，将行李往进门处一放：“请老师师母坐好！”安炳三招呼妻子儿女，齐刷刷在对面跪下，双手伏地，叩头，行大礼！

已是韩国的大学教授，要回母校做进修教师。第一站，是看导师，哪怕导师已离开原来的岗位和原来的房子！

忽然想到，房子不管大小，晚上睡下，不过占三尺之地。这些年家移来移去，其实更方便做教书匠。

住里外小套间时，外国留学生就坐在老师的床上听课，“家长”给日本留学生讲茹志鹃，我给美国留学生讲《歧路灯》。一个在卧室兼书房、厨房的地方给外国留学生讲课，另一个就到小院辅导本科生写毕业论文。换成三小间房子，也带上了研究生。就在书房兼儿子的卧室上课。后来到“博导楼”，居然有了“外来的和尚好念经”、特聘著名专家来家讲课的趣事。

校庆纪念，来了许多学术界大人物，其中一位是我当年上学时如雷贯耳的李希凡。他有两个同班同学是我的老师，按说他也是老师辈，但我一直没上没下、透着亲切地称“大师兄”，异想天开请他给我的研究生上课，就在我家门厅，实际是书房兼客厅，“家长”让他的当代文学研究生也一起听。

当代大学者李希凡的讲座？如果贴布告，大概得安排学校最大的礼堂。

谁能想到，只是我们两人的硕士生和博士生，二十几个人，在老师的门厅，听当代著名红学家、被毛主席称为“小人物”的人上了堂《红楼梦》研究课！

2016 年 3 月

家庭喜剧一箩筐

这些年，陆续在报刊发过写家庭生活的小文章，有朋友看过后感慨：你们家充满了喜剧气氛！现将几篇小文捡到一只筐里存放。

家有指挥家

看到这个题目，可能有人会想，这个人的家里边，可能先生仅次于李德伦，女士可比郑小瑛，也许男孩在上陆军学校，女孩进了音乐学院指挥班。

这都不对，我家的指挥家，是既不懂音乐也不懂军事的奶奶。

老太太只要来到我们家，大家就都成了她所指挥的一员。她随时会对每个人发布相应的命令，指挥得井井有条。

对一家之主，会发布买什么什么菜之类的命令。

对孙子孙女，总是命令怎么吃，怎么穿。

“把这碗牛奶趁热喝了！”

“把那些饺子全吃了！”

“刮风啦，穿那件衣裳冷啊，快换上这一件啊！”

“阴天啦，带雨衣啊！”

奶奶在这儿时，如果我这个名正言顺的家庭主妇进入厨房的话，奶奶总用眼神“封锁”着，看我想做什么，有没有“侵权”打算，然后发布命令说：“你干你的去。这里的事不用你管！”

奶奶对我常发布的命令就是“你干你的去”。

奶奶特别心疼我常常一坐几个小时地打字。

她会呆呆地坐我身后的沙发上，看看电脑屏幕上出来的一行一行她并不识得的字，看看全神贯注的我，露出极不理解的神情。有一次，她忍不住感叹说：“做什么也不容易啊，好像上了刑罚似的！还不如拿支笔写省劲哩。”

有时候，奶奶看着看着，就走开了，一会儿工夫，手上端了一个小碗来，里边或者是削好了皮儿的萝卜或地瓜，或者是洗净烫过的大红枣儿，放到电脑边。

有一次，山东画报社的摄影记者小高来照相，照完孩子说的“假装看书”“假装打字”后，说需要再照一张做家务的相片。我到厨房里拿起一个小盆儿，刚刚放进几棵菠菜洗，奶奶过来了。

“凑啥（淄博土话：做什么）？”

“洗点儿菜。”

“搁那里吧，我洗，你干你的去。”

一家之主忙过来说：“她不是真洗，是‘装样’洗。”

“‘装样’洗？”奶奶想了想，说，“那就洗点儿吧！”

画报社的人直乐，说这老太太真可爱！

儿子这个顽皮家伙给奶奶总结并夸张说，奶奶就像游击队的指挥：“一连上东，二连上西，三连埋伏到崖头上！”

奶奶耳朵有点儿背，没听见孙子胡说八道，正给准备骑摩托车上班的孙子下命令：“戴上你那帽子（头盔），蒙上那‘玻拉盖’

（护膝），慢着点儿开车，后晌早回来吃包子！”

长点儿智力

小妹虽然比我小五岁，可她好像总认为，经常提醒我如何教育子女是她不可推卸的责任。

“那么聪明的一个女儿，为什么不抓着她叫她好好学习，在班里拿第一？”

“要第一做什么？”我不以为然地说，“做第一压力多大？多不舒服？让她边玩边学保持前几名就算了。总共一个第一，为什么非逼我们的小孩去做？”

“你把孩子惯坏了，她都那么大了，你还整天一口一个‘小孩’‘小孩’的！”小妹气呼呼地学我平时说话的口气，学得惟妙惟肖，“得正儿八经地告诉她，她必须得第一！她从小智力就那么好，不好好用就会变笨了。”

小妹要做作家准不坏，她特别会抓人的说话特点，把已经上高中的女儿娇娇地叫“小孩”，的确是我平时说话的口吻，看来已经在姐妹之中引起公愤，被看作娇惯孩子的“代表作”。

“这个学期末，你必须得第一！”我回家一本正经地对女儿说。

女儿问：“为什么？”

“小姨说……”如此长短，我把小妹的话说了一遍。

女儿笑了说：“可怜的胖胖！在家里牛司令说了算；到了姥姥家，小姨动不动教训一下；好不容易跑趟北京呢，凡事还得听杨晖的。”

女儿说的这番话都得加注解：“胖胖”是她对妈妈的称呼；“司

令”是全家对“家长”的称呼，多年前一个电影里出来个牛司令，小妹便借来叫姐夫，竟然叫响了；至于杨晖，是我散文集和长篇小说的责任编辑，也是一个要好的姐妹，喜欢对我“耳提面命”，常常对我的购物、置衣不以为然并越俎代庖，对我说话的语气永远是判断式的。杨晖不过只到我们家一次，她这个特点竟被小小的女儿观察出来了。

我又鹦鹉学舌地说：“智力再好，不常用也会变笨的。”

女儿应声说：“胖胖小时候准没大用脑子。”

我听了反而高兴起来，这个小孩，她肯定没看过“小时了了，大未必佳”的故事，却能瞅出漏洞来调侃妈妈。见我非但不生气反而笑了起来，女儿说：“我现在就测验一下你的智力，我问你：为什么流氓坐车可以不买票？”

“因为他手里有刀。”我说。

那位已经大学毕业的哥哥在一边说：“因为售票员受到了威胁。”

女儿笑道：“因为他坐的是囚车！我再问一个问题：为什么明明一座大楼起了火，可谁也不报警？”

我说：“因为消防车已经来了。”

儿子说：“因为他们在演电影。”

女儿说：“因为失火的是警察局！你们这一帮老笨！你们才得好好长点儿智力呢。”说完了，扬长而去。

女儿自上中学后，比原来活泼多了。过去她是个少言寡语的孩子，比较内向。经过一段和父母“平起平坐”地讨论问题，甚至开玩笑，她真的变多了。只是还不是把所有的时间都用来学习，常常把宝贵的时间用在听听音乐、看看电视、瞧瞧三毛和琼瑶上，而且不管是音乐还是电视常常是港台的东西多。而做父母的呢，总希望她坐在桌子前看书才好。如果非看电视听音乐不可的话，最好看点儿世界名著，听点儿经典乐曲，而这已经给看成是守旧了。女儿常常用开玩笑的口气说：“这帮崇洋媚外的家伙！”

我悄悄到女儿房间看了看，女儿坐在桌边，眼前是一大张英语字儿，谢天谢地，这会儿真去学习了，原来是作业没完成。他们这所有名的重点中学，作业怎么这么少？都像今天，给他们布置这么多作业，不学也得学，家长岂不念佛了？

对，小妹说我惯孩子，我得找出一个借口来堵她的嘴，就说：只要孩子基本上能好好地学，就该也让她好好玩儿，不该把他们限得太死，统得太严。至于她怎么拿大人开玩笑，怕什么？马克思的女儿还把他当马骑呢。

女儿安安静静地学了两个小时，到睡觉时间了，我同“司令”都躺在自己的小床上看书，女儿施施然而来，说：“再考二位教授一个问题：龟兔绕着一座山赛跑，小狗做裁判，已经跑了三圈。请问：谁跑在前边？”

我说：“小兔。”

“司令”说：“龟。”

女儿扭回身边跑边笑：“你们这一对小狗！”

哦，她变着法儿捉弄我们啊？她开始不是说小狗做裁判，我们怎么就做起来了？看到女儿快快活活跑到门外，我说：“你这只小小狗！快回去看书！这个学期末你考不了第一，小心着！”

“你想整我呀？那我就给你出走！”女儿拿刚刚报纸上报道

的少女出走的事来“威胁”。

“喂，你如果出走，”我说，女儿忙回过头来很感兴趣地看着我，看我准备怎么样教育说服她，“你就早一点儿告诉我，咱俩一起走！”

阖家看球

和动辄气温达39摄氏度的武汉相比，济南这“火炉”不过是小巫见大巫，而且济南热得光明正大，干净利索，或者赤日炎炎，或者大雨倾盆，从不黏黏糊糊。但有个凉快地方离济避暑总是乐事。

但今年哪儿也不能去，不愿去。是有紧急写作任务？

眼下什么写作任务也得先放一放，谁催稿也“少安毋躁”。

得看完世界杯再说，特别是要对巴西队大饱眼福。

或曰：世界杯和你有什么相干？巴西队和你什么干系？

偏偏为和自己甚至和自己的国家毫不相干的事操心而且全心全意，牵肠挂肚。只为和自己利害相关的事揪心，活得也挺没劲不是？

球迷绝对是一种最富传染性的“疾病”。

我们随儿子变成了球迷，平时热度各异，世界杯时个个发烧。

儿子大热天给山东队捧场，为打败申花队欢呼：“山东队踢疯了！”

“踢疯了”是儿子的最佳评语，“臭球”则相反。

儿子嘲笑家中的球迷，特别是妈妈，好像是在起哄，凑热闹，滥竽充数，山羊看广告。至于妹妹半夜看球，他说：“她还会看？找本小人书哄哄她得了！”

小妮脑瓜好用，查尔顿、拉杜乔尤、罗马里奥、达赫林……

如数家珍。

“家长”本想控制家庭球迷的热度，无奈世界杯越来越精彩，不仅权威失控，而且泥菩萨过江，自己也化进去了。

夫、妇、子、女依次看好的冠军得主是：罗马尼亚、巴西、瑞典、德国。

巴西荷兰世纪之战深夜3点半开始，全家都坐在电视机前。

“家长”这次没干涉深夜看球，一般他会说，明天看《绿茵金辉》吧。今天，他知道说服不了任何人，包括他自己。知道结果再看还有啥意思？要的就是这个劲儿：风云变幻，胜负难测，为心爱的球队担惊受怕，心动过速，隔着半个地球摇旗呐喊，在裁判终场哨一响时，为其胜利欢呼！

一家两派，壁垒分明，父子看好荷兰，母女看好巴西。

我跟“家长”打赌：荷兰能胜巴西？明天我做饭。巴西胜了，你做！

热天做饭是苦役，这几天几乎天天买现成的。

儿子是双方球队档案员，随时揭老底：这个在AC米兰坐冷板凳，那个在尤文图斯做替补，他呢，甭看是替补，倒是个任意球大王！

“巴西肯定能胜！”我说，“多好的艺术足球！它不胜的话，这个世界太没劲！”

“荷兰中场多好！世界上最好的中场！”儿子说。

我振振有词：“荷兰用352，巴西用532，荷兰中场多俩人，当然强。可肯定治不了巴西的短传渗透，单枪匹马。罗马里奥、贝贝托，谁也挡不住。”

“352”和“532”是几分钟前刚从儿子嘴里学来的名词，立竿见影。看球多乐？无师自通，自诩“国际裁判”，抢在裁判前边断言“越位啦”“背后铲人，至少黄牌”“角球”“任意球”……儿子说，妈妈纯粹不懂装懂，偏偏瞎猫总能碰上死老鼠。我便呵呵大笑，说得坐飞机上洛杉矶吹决赛去！

女儿成了巴西队的场外指导，快攻球啊，快传啊，快……每个词前边总带个“快”字，盼巴西队快刀斩乱麻，踢几个球进去。巴西队总不进球，小球迷终于支撑不住了，去睡了。等贝贝托进了第二个球，我把女儿从床上拉起来，让她看重放镜头，看桑巴舞，自己也赤脚跳到地毯上，快活地模仿几步。

怪哉，一向正统的“家长”竟没说：失态，不像话，有碍观瞻！

“这个球越位在先！”儿子说，“裁判眼瞎了，该回家了。”

巴西队制胜球一进，儿子说：“裁判什么水平？布兰科先犯规，倒捞个任意球！里杰卡尔德这个臭脚！古力特来的话，巴西人准败回里约热内卢！”

终场哨一响，儿子倒头就睡，说：“妈！醒了吃饺子。”

“家长”说：“天这么热，吃什么饺子？”

“吃饺子！”我说，“我马上上街买菜！”……兴致勃勃，流水作业，饺子上桌，才想起来，按打赌规定，巴西胜了，不该我做饭啊？

巴西真输了的话，我才没心绪做饭呢。

谁吃鸡腿

旧话重提，外子常说：你坐月子我买过多少只鸡？儿子时五只，女儿时，八只！

我“吃了泰山不谢土”地说：这算什么？那些鸡的精华，变成奶汁喂你的宝贝儿女，废料却变成脂肪沉淀下来，让我至今还得减肥！何况生女儿时，那鸡腿不是常给儿子去吃？

“家史”上还有二十年前外子“手无缚鸡之力”的趣事：他抓住鸡，宰一刀，鸡跳起来跑了，再宰一刀，那鸡又不屈不挠地跑了！宰到第五刀，鸡飞房顶上了！儿子兴高采烈地看爸爸宰鸡，那鸡总那么长命，儿子等不及，睡了，醒来第一句话：“爸爸的鸡杀完了？”他大概在梦里还惦着那香喷喷的鸡腿。

鸡腿是鸡身上的精华，得给正在长身体的孩子吃。不仅我们家，连姥姥家也是把鸡腿给孩子吃作为“家庭定律”。大哥来探亲，吃烧鸡时鸡腿归大姐的俩千金。有次小的没吃够，一口咬定：一只鸡有三条腿！舅舅只好再去买一只鸡。

说来惭愧，我们家，粉碎“四人帮”后，烧鸡才成了隔三岔五吃一次的奢侈食品。鸡腿当然是，永远是，一只给儿子，一只给女儿。

这成为定律延续下来。即使后来儿子一再声明，他更乐意吃鸡脖子和鸡翅膀，我们还是得先让他吃上一条鸡腿才放心。

新加坡作家尤今写了篇《谁吃鸡腿》，说他们家中绝不能只让孩子吃鸡腿，而要轮流来吃，因为如果那样娇惯孩子，“成长以后，恐怕他的母亲连鸡骨都没得啃”。我颇不以为然，我不相信她的推理，尽管我也还喜欢尤今的文章。

逝者如斯夫，这次，外子生日和我们结婚二十七年纪念一起庆祝。

做了点儿家常菜，儿子买来大蛋糕、一只烤鸡，女儿往玻璃杯里斟上啤酒。

儿子站起来，把肥肥大大的鸡腿拽了下来，一边一只，放到我们的盘子里，并对妹妹说：“鸡腿应该给爸爸妈妈吃！”

全家举杯，两个孩子不约而同说：“祝二老健康长寿、白头到老！”

我的眼眶湿了。孩子长大了！眼前高大英俊的小伙子就是当年哪一天都得和男孩们发生“战事”的皮小子？这亭亭玉立的姑娘就是每天上幼儿园时总要说“妈妈你得第一个去接”的娇丫头？

“你们长大了，爸爸妈妈也老了。”我叹道。

女儿应声笑道：“不是老了，是第二青春。”

两个已经青春不再者，止不住泪眼盈盈。

红玫瑰和豆腐渣

何等艳丽的玫瑰！红花密缀，绿叶葱茏，宛如绒绣的花朵上闪着亮晶晶的露珠，阵阵幽香从花瓣间逸出，清甜温馨，沁人心脾。花束有银色衬纸，扎着玫瑰红飘带……不用数，花朵数目恰好是女儿年龄。多有诗意！天寒地冻，生日礼物是鲜嫩欲滴的红玫瑰！

我迭忙找出个大瓷花瓶，注满水，将红玫瑰请进去。有一年教师节，著名工艺师仇志海制作的名贵陶瓶被我泡掉了底，只好做贼般用透明胶纸粘起来，以便“瞒天过海”，终于被全家谐称“司令”的“家长”发现，来了番“你总是这么没头脑”的教训。

想到此，我说道：“咦，牛司令怎么从来不给我送红玫瑰？”

女儿笑了，好奇地看被埋怨者一眼：他那儿正老僧入定般看书呢。

我像刘姥姥算螃蟹账般絮聒起来：按岁数送玫瑰花，该送我五十几朵，每朵三块钱，总共要一百几十几……“那样，牛司令岂不疼疯了？”我模仿他的淄博口音说：“我还是弄点儿豆腐渣炒炒给她吃算啦！一分钱不花，买豆浆顺便要点儿就成！”

葱油香菜辣椒丝炒豆腐渣，是从我俩大学时的班主任那儿学来的菜，非常好吃，又有减肥、降脂、增加粗纤维之妙用，现在又成了我挖苦主张节俭的“家长”之绝好口实。

说完这话，我跟女儿放声大笑，等“家长”来点像样的、最好是诗意化的解释。

比如深沉一点的：我早已超凡脱俗，像鲁迅先生说的“花开花落两由之”！

比如现实一点的：我们当年在反对“资产阶级思想”和“小资产阶级情调”的时代恋爱，只有互相勉励、又红又专的份儿，怎可能送什么玫瑰花？

比如浪漫或“酸文假醋”一点的：几十年共驾一叶扁舟，驶于茫茫人海，相扶相将，相知相助，相期相勉，足以抵上一座姹紫嫣红、芳香四溢的玫瑰园！或者索性借用现成歌词：千万年间，千万人中，“你选择了我，我选择了你”，“随你到海角天涯，伴你到地老天荒！”

比如干脆像平日忍无可忍时发出怒吼：你还有没有良心？从艰难创业的初婚，到含饴弄孙的今日，我是怎么呵护你的？别的不说，你写了三部小说倒有两部（《蓝眼睛·黑眼睛》和《天眼》）是我命名的！你倒纠缠起我送不送几朵玫瑰花！……

不管挑哪种说法，都有事实依据，也有几分道理。当然不管怎么说，都会换来进一步挑刺、抬扛……全套调侃挖苦、找乐子的家常日课！

“家长”头也不抬地说：“炒豆腐渣不正好？本来就是‘豆腐渣工程’！”

我不由得一愣，接着，全家大笑，乐不可支。

手机换代

家中使用手机最早的是牛经理，即儿子。在总经理满地走的时日，经理算个啥？而儿子做经理却着实让我得意了一番，因为儿子是二十四岁做上国有公司副处级经理的。牛经理手中那半块砖似的手机，当时是一辆摩托车的钱。几年后第二个配备手机的是女儿，硕士研究生。这是高校一景：研究生有手机，导师没有，特别是老教授的我没有。

“我就不能配个手机吗？”我说。

“你要手机做什么用？”两个孩子叽叽嘎嘎地笑，“你一天到晚在家看书打电脑，顶多到系里上课，上课又不让开手机。”

“我到外地开会呢？”

“开通长途不就得了？”

“9·11”前夕，我要到沈阳参加一个古代文学的会，会上组织到朝鲜参观，接到通知后，我名正言顺地完成了手机“申购”。

女儿跟我到电器商店挑了个精致漂亮、小巧玲珑的手机。这小东西早就惦着手机换代，这会儿肯定是要把旧手机“下放”给老妈哩。

下放就下放，我对手机要求不高，第一，能打电话，第二，能接电话。女儿下放的这部手机，在中文系陆续都混上或者说陆续接受了孩子下放的手机的教授里还算档次不低的哩！

办好了卡，我高兴地给儿子打个电话，儿子惊喜地说：“咦？‘马老’！”

我常自嘲：当年胡耀邦总书记称我家老爹为“马老”，如今我也被称“马老”。然而，此“马老”非彼“马老”，父亲的“马老”是无产阶级革命家对年高德劭的党外人士的敬称，本人的“马老”是家中金童玉女谐称妈妈“马老胖”，渐渐省掉后边的“胖”字之缩称。

我得意地对儿子说：“怎么样？本人也有手机了。”

小子应声问道：“是妹妹换下的吧？”

“你怎么什么都知道？”

次日是星期天，儿子进门就问：“你的手机呢？”

“在这儿！”

“充电器呢？”

问充电器做什么？我疑惑着，拿给他看。

“咱俩再换换吧。”儿子说。

儿媳嘲笑说：“这家伙居心不良，怪不得他今天到奶奶家，还带充电器。”

我说：“真是‘不怕贼偷，就怕贼惦记’呀。”

女儿说：“胖妈上当啦，他这手机买的时候几千块，用了四五年，现在全新的才六百，这破玩意儿一百块都不值。”

好嘛，两千多块买部手机，不到二十四小时，变成一百块的了。

我说：“算啦，反正是你们的‘殖民地’，换就换吧，教教我怎么用。”

兄妹俩说：“不用教，这样的手机，傻瓜都会用……”

“那好吧。等我‘雄赳赳气昂昂，跨过鸭绿江’，从朝鲜给你们打过来。”

两个孩子都笑：可能吗？你到另一个国家，还能用中国手机？你又没“全球通”！

我很有信心地说：肯定能用。一江之隔，中国的信号肯定还管用。

到了沈阳，先给家里打电话报告行程，打开手机，没信号。是房间内信号不好？到院子打，还是没有。武汉大学的一位青年教授恰好从我跟前走过，我问：“喂，你的手机有信号没有？”

“当然有，家里系里都打过了。”

“我怎么没有？”

“不会吧？拿来我看看。咦，就是没有。喂，大作家这么艰苦朴素？这么老的手机还不换？”

他哪儿知道，这是我昨天刚换来的呢。我跑到公用电话亭给家里打电话，如此这般讲述一番，女儿说：“笨胖妈！连手机都不会用！我打电话问问你的信号是怎么回事，你把房间号码告诉我，我一会儿打过去。”等我回到房间，女儿电话打过来了，非常不好意思地说：“对不起，胖妈，我给你弄的号码是省内漫游的。等你回来，进了山东境内就能用啦。”

“进了山东境内再有一个小时就到家，还打什么电话？”我大笑，“回去再跟你们这两个小坏蛋算账。”

年终报表和过家家

春节前一个星期天，院办公室主任来电话说：下午5点前，请把你的工作量统计表交到系里来。学校通知，在学校领“关键岗位津贴”的教授，今天一定要把情况汇总到校部。

我笑道：没问题，现在不是才11点吗？不就是一张表？

主任细心地叮嘱：知道你事多，记着，5点前一定得交。

我说：放心，全年的岗位津贴，岂能忘了？

放下电话，我对家人说：黄世仁过年找杨白劳讨债，学校过年让教授们报表！今年带了几个研究生？硕士几名？博士几名？上了几门课？在哪级核心期刊发了几篇文章？得到什么项目支持和奖励？……一项一项，一分一分算明。实行岗位津贴之后，不管文科还是理科，教授都“数字化生存”了。过去说“分儿分儿，学生的命根儿”，现在，“分儿分儿”成教授的“钱流”了！

还没打开电脑，儿子来了，进门就宣布：“我们那儿停水停电，我连早饭还没吃呢。我要吃饺子！”

儿子对食品的最高理想似乎就是饺子，而我最拿手的饭恰好是包饺子。这是“文革”的收获之一。因为做了“保守派”，造反派当权时，我被下放厨房劳动一年，把包饺子的全套本事学到手，调馅儿，和面，擀皮儿，又快又好。现在经常开玩笑，包饺子是本人的“第二职业”，哪天不做教授了，就到美国哪个城市开家饺子馆。孩子们笑道：“保准第二天就关门！”为什么？因为你的饺子馅儿太大，肯定赚不到钱。

吃完饺子，阿牛对我说：奶奶，咱俩玩吧？

阿牛只有四岁，却被著名大导演王扶林赞谓“有倾国倾城之貌”，而且阿牛还有领导奶奶的能力，经常派奶奶做玩伴，并不断变换各种玩法：拼图，搭积木，过家家，开超市，阿牛做医生给奶奶看病化验输液……

今天玩什么呢？学英语。阿牛假装是老师，奶奶假装是学生。

阿牛在幼儿园英语班是学生，到了奶奶家，成了大学老师的老师。

阿牛一句一句教，奶奶一句一句学。

“现在我念一句，奶奶跟着念一句。”

“苹果是什么？橘子是什么？”

“猫是什么？狗是什么？”

奶奶并非故意，却总是把苹果说成了橘子，橘子说成了苹果，猫成了狗，狗成了猫。当年用那么多时间和精力学俄语，现在俄语被忘到九霄云外，俄语“习惯势力”却让英语油盐不进。

“奶奶没念好，扣一分。”

“这英语太难，奶奶不想学了。”

“奶奶不好好学习，不是好孩子。”

“奶奶好好念，给你一朵小红花。”

“奶奶学好了，你妈妈提前接你时，老师准许你跟她走。”

我一边煞有介事地学着，一边忍俊不禁：原来，幼儿园就是这样教学的。阿牛把老师对付他们的那一套照单全收，搬来“对付”她的“学生”，活脱儿一个幼儿园老师，榜样的力量无穷。

时间过得飞快……电话铃响了。

是院办公室主任打来的：“还有半个小时到5点，你的表填好了吗？”

“呀！”我如梦初醒，因为“学英语”，竟把如此重要的事忘得干干净净！

“对不起，我还没有……”怎么说？我因为跟孙女儿玩，还一个字也没填？那岂不成了中文系的笑话？我支支吾吾，“……没有填完呢。”

主任说：“我多等你一会儿，你6点前送到。”

6点前送到，主任很谅解，她以为我肯定因为非常重要的事耽误了。

事后家人嘲笑：是你一年的津贴重要，还是你跟阿牛玩儿重要？

我阿Q式地自嘲：津贴总归跑不了。这样“学英语”的荣幸，却不是谁都可以遇到的。

小妹购物

小妹刚从医学院毕业分到一个县城工作时，想买母鸡煮来吃。到了集上问一个农民：你的鸡怎么卖？农民说，多少多少钱一只。小妹一听，喜不自禁地说：“哎呀，真便宜呀！”站在她身边的妹婿一听，啼笑皆非，慌忙拉了她走开。此事后来成为大家的笑柄。

光阴如白驹过隙，小妹的宝贝女儿马上要大学毕业了。有一天，小妹忽然跑来找我，说她“发现了”好几家卖新茶的地方，有好几种价钱中等而质量很不坏的绿茶。有个店居然就在我家的旁边！她已经一样买了一点拿来让我“鉴定”，说着就从书包里一样一样地拿出来泡上让我尝。我尝过后，说还可以，她就兴致勃勃地说：“我带你去买！”

到了离我家很近的一个小茶叶店，小妹带我进去，店主给拿出来几种茶叶。小妹就如数家珍地说，这儿的茶叶怎么怎么好，怎么怎么比我姐姐原来买的店里好。我不禁偷偷笑了，想，如果闭上眼睛听，你一定会以为这是店主在推销他的商品！我买了一斤，看来小妹还觉得太少，说：“过几天再来！”

等我回家后，再冲上那新买的茶叶，这茶的味道十分一般啊。哦，没了小妹在一边一个劲儿地赞扬，那确实是感受不一样了。

我不禁琢磨起小妹来，已经做了职业病科主任，发表不少学术论文，购物却是幼儿园水平！天真地赞扬她看中的东西，成了她的习惯。她去买葡萄，还没到跟前，就连连说：多好的葡萄啊！这葡萄多少钱？贵了点吧？卖者说：这么好的葡萄怎么还嫌贵？……我正想着呢，小妹又来电话了，说她又买了一种茶，比那天买的茶叶好得多，当然，价钱贵一半儿。

价钱贵了一半儿自然得比便宜的好喝，我想。小妹兴高采烈地说：“明天我们再去买？”

“行啊。”我漫不经心地说，心想，那个茶叶店的人一见这姐妹二人，一定喜不自禁地想：“好啊，那两个冤大头又来了！”

倾囊相助

马老贝一把就把我的眼镜抓下来，我慌忙去抢，久病的老母发出咯咯的笑声说：“俺马老贝一把就薅下二妮的眼镜！”

自从我写了《马老太语录》一文后，很多朋友都熟悉了母亲的语言。其实马老太的有趣语言，一篇文章是远远不能写透的。

老太太平日的用词总要比我精彩生动、准确形象。形容马老贝抢眼镜的动作，我只能用“抓”字，母亲却用青州俗语“薅”字。“薅”的后边该是“草”字，在母亲看来，她那心肝宝贝长重孙抓姑奶奶眼镜的动作简直薅草般轻巧。马老太对重孙的顽皮欣赏得很哪。

听了母亲的笑语，姐妹几个笑道：看老太太偏心不？咱们在病房日夜陪侍这么久，倒不及这个才来一天的“三寸长”的小人儿让她开心！

有什么办法？中国的老太太都极为看重“四世同堂”。

大家开玩笑说：“娘，你这‘小强盗’有什么好的？招风大耳朵、厚嘴唇！”

小妹的女儿丫丫调侃道：“谁说我小侄丑？人家的嘴唇比河马的薄多啦。”

老太太又笑了，大概没有仔细想一想：嘴唇比河马的薄是不是就貌似潘安？

这个嘴唇跟河马有某种可比性的角色是大哥专门从山西派来的，长曾孙看望缠绵病榻的曾祖母成了特殊而重要的临终关怀。这小子只有一岁多一点儿，偏叫个“老贝”。他在姑奶奶跟前横行，却一见面就拼命巴结斗斗叔叔即我那正上大学的儿子。马老贝总是用好奇的、倾心仰慕的眼光看斗斗叔叔，亦步亦趋地跟在斗斗叔叔后边，拿到最爱吃的西瓜也会颠颠儿先送斗斗叔叔，还做小狗摇尾状，翻筋斗给斗斗叔叔看，完全是弱国小国臣服于超级大国的样子。

姑奶奶们说：这小子何前倨而后恭也？

原来，老贝以为，凡是小伙子就可以开着摩托车或汽车带他出去玩儿。

姑奶奶们命名为“小强盗”的马老贝什么时能长成一个堂堂男子汉呢？

母亲逝去七年，我始终没有再见过马老贝，倒听到他一件趣闻。

老贝的姨夫开电脑公司，收入不错，但有一天忘记关电器，短路，失火了，损失几万块钱。大人们在那儿议论，马老贝听了，就走进自己的房间取出钱罐，“哗啦”一声倒到桌子上，义形于色地说：“姨夫遭了难，我来帮助他！”

马老贝认真地、一五一十地数着。

五分的，二分的，一分的，都是钢镚儿！

这是妈妈给马老贝买冰棍儿用，马老贝省下的。

呀，马老贝两年居然攒了七块多钱！这么多啊？都拿去吧！

老贝的妈妈骑上自行车，专门把嘎啦啦响的七块钱送去救济电脑公司经理。

听了这个趣闻，我哈哈大笑而且想象：在真主的天堂里啜着龙井聊天的二老一定也听到了马老贝“哗啦”一声倾钢镚儿的声音。喜欢说古论今的马老太大概会跟老爷子说起三国故事：鲁肃当年家有两囤各三千斛的谷米，在周瑜缺粮求援时“即指一囤与之”。老太太没准会说：瞧，咱们马老贝比鲁肃还仗义呢——鲁肃拿出一半家当，马老贝是“倾囊相助”啊！

大概马老太还会说：咱马家又出个义薄云天的男子汉，年方九岁。

2006 年 6 月

别字记趣

子曰：“《诗》可以兴，可以观，可以群，可以怨。”

余东施效颦撰曰：“别字可以喜，可以悲，可以思。”

一

小时候，因为母亲偏袒，三哥是家中大王，妹妹为当然臣属。与他年龄相近的我更是可悲的“殖民地”。三哥“七岁八岁狗也嫌”时，天不怕地不怕偏偏怕鬼，夜晚不敢一人去后院如厕，辄命我随侍。蹲得久了，有些烦闷，竟吩咐：“唱支歌儿我听听！”真真欺人太甚。然而拳头大的是哥哥，岂奈他何？比三哥大两岁的大姐不过与他战个平局，但大姐有撒手锏，三哥惹急了她，她就故意舒个懒腰，怪腔怪调地说：“怎么啦？今天这么‘腰辣’！”

“腰辣”是三哥上小学二年级时的发明创造。有篇课文说，一家兄弟三人，老子让他们去锄地，老大说头晕，老二说腰酸，只有老三去干活。三哥在课堂上念课文，将“腰酸”误读为“腰辣”，与他同班的大姐如获至宝，回家游扬，成为笑柄。

儿童时代已如云烟，兄弟姐妹聚在父母身边嬉闹却成为最温馨的回忆。有一天，我去看三哥，他已是单位“第一把手”，正同人谈话，一见我，便一本正经介绍说："她就是——"我慌忙向那人点头，以为三哥会说"那个在我母校任教的二妹"，不料居然听见"那个茅厕里的歌唱家"！

那位朋友忍笑寒暄几句离去，我气急败坏地向三哥问罪："死'猫'成何体统？"接着就报复地揭底："今天骑车骑得这么'腰辣'！"

"猫"是三哥儿时在家中的爱称，缘自他一个动作。他常瞅地沉思，大哥说："瞅地猫又要出坏点子了。"父母遂呼幼子曰"猫"，可惜这"猫"非但不捉老鼠，反而常常糟害小鸡。

三哥的爱女顺理成章乳名曰"咪咪"。小学放学许久，咪咪杳无踪影，三嫂便在阳台上喊："咪咪！咪咪！"惹得在楼下干活的木匠大惑不解："他们家的猫怎么天天往外跑？"

咪咪虽然贪玩，却出口成章，还特爱咬文嚼字。有一天她说，她要"毛逐(遂)自存(荐)"去参加作文比赛。二姑当即盛赞咪咪在念别字上"青出于蓝而胜于蓝"，且就棍打狗作为向三哥敲一顿竹杠的口实："今天本人毛逐自存来府上做冯谖！"

其实，我挖苦侄女念别字，真乃百步笑五十。我那宝贝儿子小时候念别字才登峰造极。小学二年级时，杂学旁收的嘎小在常识课前早已知道扁鹊诊病的故事，待老师课堂上用诱导法问"谁知道战国时的名医叫什么"时，嘎小就在后排拖了长腔大叫："叫——蝙——蝠！"原来他记着"鹊"是有翅膀的，便阴差阳错把有翅膀的蝙蝠派做战国名医。儿子还好奇地问电视映出的京剧名《铡美案》："妈，'侧美案'是什么故事？"期末考试时，我听他在认真背"五一五四三二一，一一二三三一三四五"，大

为惊奇：这既非语文课“一去二三里，烟村四五家”，又非算术课“三三得九，三四十二”的乘法口诀。我忙问：“背什么天书？”原来，人家是为应付音乐考试，在背《我爱北京天安门》的曲谱“5154 | 321 | 1123 | 3134 | 5— |”！

倘若儿子没有那些独出心裁的别字，也许他的童年便不那么有趣了。直到儿子弱冠之年，家中仍以其儿时别字为戏。当他准备参加系里的晚会，边弹吉他边练“我是一匹来自北方的狼”，直唱得我头昏脑涨时，我便笑骂：“你这只‘蝙蝠’变成的狼，再在那儿弹‘五一五四三二一’，我就把你推出午门‘侧’了！”

二

说来，儿子的别字也有点家学渊源。我上小学时最爱看闲书，遇见生字辄“山东秀才念半边”。至今我也不敢保证，对那些永远认不完的古字、僻字能一一念准。我还发现，有些常用字反而错在大学者、大人物口中。例如，“酝酿”一词，我就听过部长、大学校长、著名作家说成“酝 ràng”。如果此时是同外国朋友交谈，我马上如坐针毡，希望能有人既不伤言者自尊又巧妙地提醒：“酝酿(niàng)”不是“酝 ràng”！

就像莫应丰曾经提醒我那样。

记不清为什么和谈到什么事，我随口说了个“酝 ràng”。那是在《散文》月刊一次发奖会间隙，我发现，莫应丰闻言一愣而顾左右言他。不久，作家们聚在莫应丰房间饮酒，我问：“老莫有什么好酒？”莫应丰拎起一瓶酒，念酒名道：“景芝特——”他意味深长地把“特”字拖长，笑眯眯看我，我恍然大悟，马上接口道：“景芝特酿(niàng)，我家乡的酒！”

人非神圣，孰能无过？念个把别字，对搞学问的固然尴尬，但正如一句名言，有错不怕，改了就好。这当然也不能算我的“过五关斩六将”，只能算走麦城。但我不愿因为讳疾忌医，而湮没了已在天国的莫应丰的懿行，甚至阿Q似的自慰，如果不是“酝酿”口误，怎显出《将军吟》作者的聪明机智、与人为善？

当然，做老师的，应当杜绝在课堂上念别字，以免误人子弟。有位听过冯沅君教授讲明清文学史的学兄告诉我，讲清代杂剧时，他因故迟到，没记下吴伟业杂剧剧情，便在课间偷偷去查冯先生的备课本，只见——

蓝墨水的蝇头小楷刻钢板似的竖写，字里行间画了单、双红线，圈以红圈，红圈有时为一，有时为二，有时为三。某些字句旁醒目地标以黑字“板书”。在吴伟业《临春阁》《通天台》杂剧下有剧情介绍：“前者写南朝末隋亡谯国大夫冼氏镇守岑南事……”旁边有黑体字标明：“冼，姓，音铣，冼不见字书，冼氏或做洗氏。”

冯先生乃一级教授，名满华夏的学术权威，她仍对常用字慎之又慎！大学生们谁不知道音乐家冼星海呢？冯先生却对“冼”字，注了同音汉字，查了字书！

学兄讲的真实小事使我如沐甘霖，备受启迪。从此，我也在讲稿上将疑难字标以汉语拼音和同音汉字。

人的能力有强弱之别，才气有高下之分，但见贤思齐则非挟泰山以超北海。

三

风雨之夕，兄弟姐妹围炉品茗，闲话沧桑。“文革”岁月的别字常为话题。

你说一个例子，我说一个例子，说者兴致勃勃，听者笑不可遏。

“文革”中，“读书无用”瘟疫般泛滥，教学质量每况愈下，曾听有位小学教师说三个小例子：

甲生写文章道：“五一节了，工人怕怕在大树上流行庆祝。”一句话中，误“伯伯”为“怕怕”，“大路”为“大树”，“游行”为“流行”，他其实想写“五一节了，工人伯伯在大街上游行庆祝”。

乙生给爷爷写信，因不会用标点，写道：“爷爷？？？”爷爷的朋友玩笑地诠释三个问号曰：“你是我爷爷吗？你难道是我爷爷？？你果真是我爷爷？？？”把那爷爷气得发昏。

丙生随父在城里读书，其母居乡下。因经济拮据，父亲叮嘱儿子：“写信告诉你娘，最近拉下些饥荒（债务），不能回去看她。”儿子遂给其母写信说：“爹爹近日拉下些鸡黄，不能回去看娘。”其母大惊：什么病让当家人屙鸡黄？慌忙借上钱进城探望。

小学教师的话，使兄弟姐妹笑得打跌，又悲怆地联想到，其时大批“苏修”，说“垮掉的一代岂止美国有”。知识越多越反动，刘项原本不读书，白卷英雄和别字大王如风起云涌。有人举出一位下乡知青写的令人喷饭的家信：“我现在和大狼住在一个坑上，有几个同学上吊了，我也快要上吊了。”误“大娘”为“大狼”，“炕”为“坑”，“上调”（回城）为“上吊”也。

有时别字也需要机智。在风雨如晦的年月，有几位青年历史学家，最喜欢歪用鲁迅作品里的话抒情。哪一天大批“老九”，则说“今天晚上没有月光”；倘若有业务上一窍不通、政治上见风使舵的角色在场，大家既惹不起此双料糟粕，又按捺不住满腹鄙夷，辄说：“赵家的狗何以多看我一眼？”更有趣的是，这些治学严谨者常常有意生造语义矛盾的错句：甲说，他已经改造得十分艰苦朴素，“只剩下唯一的两条裤子”；乙说，他的“老三篇”实在学得“非常很好”；丙则请假不去参加批判老校长的会，因为他“浑身头疼”！

含混重复的话语凝练地表露了“步兵白眼向人斜”的心境，就像用《狂人日记》的话表达了逆境中的自尊心、正义感、乐观信念。

一位村干部的言差语错，堪与小学生令人啼笑皆非的别字、历史学家处心积虑的误语鼎足而三：

一曰“形势教育”。西哈努克亲王来华访问，金边发生了政变，周总理仍到机场迎接亲王。某生产队长向社员进行时事教育道：“了不得啦！咱南邻舍东(柬)埔寨，西哈和努克打起来啦！为了抢一只带金边的碗！咱中国永远支持第三世界。大家放心吧：周总理管饭！”

二曰“唱革命歌”。某生产队长被当作“走资派”打倒数年，忽被解放，官复原职。他马上实现多年夙愿——上台指挥社员唱“天大地大不如党的恩情大，爹亲娘亲不如毛主席亲，千好万好不如社会主义好，河深海深不如阶级友爱深”。他心潮澎湃地上台，模仿造反派指挥模式，先定调，偏偏把第二句想成头一句，开口起头：“爹——”觉得调门不够，又升八度，再唱“爹——”……

结果呢？可怜那队长呼全体社员为“爹”，却因为“篡改革命歌曲”再次被“打倒在地，踏上一只脚”！

含泪的笑话，使人笑极而思悲。

我对大家说起我如何核实“文革”中成仿吾校长的逸事：“听说造反派批斗成老，念‘独有英雄驱虎豹，更无豪杰怕熊能’，成老当场给纠正？”

一问问出两种版本。甲说，那是在全校批斗会上，成老被“喷气式”，一听此语，愤然昂首大声说：“那个字念罴，p—i—pí！”乙说，不对，是数学系的批斗会，小将一语出口，校长应声纠正，并接着上了堂“说文解字”：“熊和罴，是两种猛兽，比喻恶势力。”

我把成老逸事写进《名士风采录》，竟引得学友纷至沓来向我提供“文革”中“斗士”们石破天惊的妙句警句：

一个说，有次宣讲大好形势，“反到底”意气扬扬诵道：“春风杨柳万千条，十亿神州顺着摇。”

一个说，有次宣讲世界革命，“红尖兵”引经据典地吟道：“四海翻腾发大水，五洲震荡摸大鱼！”

在黄钟毁弃、瓦釜雷鸣的岁月，产生了多少千奇百怪、空前绝后的别字故事？简直可以写一部“峥嵘岁月别字史”！

1990 年 4 月

余修老伯

“本主席的工作范围”

周围黑黢黢，葡萄架的枝叶，阳台上的花草，皆在夜幕下沉睡，只有楼上一盏灯投射出淡绿色的光，那是余修老伯卧室的灯。

“按不按铃？快10点了。”小妹问，接着感慨地说：“人们以为省长家有士兵守卫、秘书挡驾，怎么会这样？深更半夜人随便跑来要老省长解决难题。按不按铃？”

“按！”清脆的铃声打破了深夜的寂静。

当我手按电铃时，深知既冒昧又缺教养，但人慌无智。父亲心室早搏，一分钟达二十次，医生说这种患者随时可能心脏骤停。偏偏二院没床，无奈，只好夤夜向余修老伯求救了。余老夫人张大姨开了门，听罢缘由，长叹一声：“又一个早搏！你余伯伯也是。刚吃了异搏定躺下，明早让他给马老想办法吧！”

次日中午我回家，母亲告知：“余伯伯刚走。”保姆菊妹说：“来了一群大夫，让大爷下午就上千佛山住院去，我泡了一大壶茶，只有那个跑腿的老头儿喝了一碗。”我斥道：“你胡扯啥？那是余主席！”

菊妹大惊："主席？就那样的主席？一会儿工夫跑了两趟腿，像个小听差，踩得门口不长草！"

清晨，张大姨先登门问候，告诉我父亲："余老正打电话找医院。"上午线路忙，余伯伯在话机前坐了近一个小时，不厌其烦地一一探问：一院？二院？千佛山医院？千佛山医院邹院长在电话里惊呼："什么要紧事，老省长亲自打电话？我马上带医生、护士、心电图机去马老家！"

余老放下电话，穿过政协大院，爬上我家住的楼，风趣地对我父亲笑道："老头儿少安毋躁，大夫马上就到。"医生、护士在院长带领下来到后，余老又亲自带路领到我家……

"我老爹非叫我来道谢不可。"父亲住院后，我奉命去余府致谢，戏曰，"谢谢余伯伯上我家访贫问苦啦。"

"这老头儿，还谢啥？实话实说，一来我和你爹交情够了，二来你们家那二楼我还爬得上去。'访贫问苦'？你家可一不贫二不苦啊！"余老含笑指出我用词不当，很有风度地挺直了腰板，拍拍自己的前胸，"为党外朋友解困救危，乃本主席的工作范围！"

如果不是余老把家父送进医院，父亲的病岂能及早发现？因心脏病入院的老爹向医生诉说了一个月前吐过血，细心的郭大夫马上给拍断层胸片，一个直径五厘米的肿瘤被发现了！父亲转二院手术后，在医院花园曝背时，余老笑眯眯地来看他了："老伙计，怎么样？"

父亲眼含热泪奋力欲从轮椅上立起，被余老一把按住。父亲道："我能说什么？还是用咱传统说法吧：救命之恩！"

"哈哈哈！小题大做。"余老爽朗地大笑，俯身扶住轮椅背，诚挚地、一句一顿地说，“我不过做了点儿小小的、应分的、做得还很不够的工作！”说罢此话，他直起身，扭回头，笑着对我说：“你瞧，我是不是很善于辞令？嗬！”他一边快活地自我欣赏，一边向汽车走去，又止步挥手把推轮椅的大哥招过来，埋怨说：“马氏孝子怎么搞的！让老头儿胡子拉碴，刺猬一样，没病也有病了。去！把老头儿收拾得清清爽爽，活一天就得活得像个样子！”他拉开车门，又笑道：“老朋友还用得着那么激动？此乃本主席的工作范围嘛！”

余老常谑称自己为“本主席”，去司机班要车，辄称“本主席今日公干”。其实，在知识界人士眼中，“本主席”全然没有主席应有的威仪，倒像古代小说中济困扶危的好汉，中世纪行侠仗义的剑客，神话传说中救苦救难的大肚弥勒佛。有多少人厄难中受过“本主席”及时雨般的相助？人们数不清。1980 年夏，余老去青岛疗养，四面八方的书生闻讯来求助，这个要求落实政策，那个要求调动工作，文联请去讲延安文坛，党史资料会请去忆王尽美、邓恩铭，偏偏老朋友钱学森、蒋南翔也住在八大关。余老时而为素不相识者排忧解难，时而与风雨同舟者话旧言今，夜以继日，直到心肌梗死，医生在他门上高悬：“不许探视！”

余老所帮助的，常常是无权无势甚至是倒了大霉的人。他专门雪中送炭。反右时，年轻的女共产党员乔幼梅被戴上帽子欲送农村劳改，余省长发话了：“一个姑娘家，还能不给她碗饭吃？让她来我这儿搞地方志！”

这是政治上的救命之恩。几年后，余老在“文革”中受尽迫害，“包庇右派”为“罪行”之一。直到 70 年代末，余老才出任省政协副主席。几年后，乔幼梅走上山东大学领导岗位，余老兴奋地为她赋诗以“壮行色”。

余老做副省长时有专车，做政协副主席则从机关要车。有次他有急事恰好政协机关派不出车，余老就一个电话挂到省委书记那儿牢骚大发：“你把我送到墙头上不管啦？”

这是句骂人巧话。在蒲松龄的名作《墙头记》中，不孝子把老子送到墙头上了。省委书记连忙把自己的车派过来供余老用，并回电话大发牢骚：“你当政协副主席，是省委常委集体决定，你未必因此就成了老朋友的爹！”

牢骚归牢骚，工作归工作。很快地，洪水泛滥般的工作淹没了最早那一点儿怀才不遇，“本主席”忙得不可开交——

著名物理学家丁肇中来了？好，本主席把盏叙旧，捎封信给台北的令尊，老朋友嘛！

刘海粟要登岱？好，本主席奉陪。跨索道三千，览群山万壑，看千里云雾的泼墨山水如何产生，为大师“年方八八”题词拊掌！

《蒲松龄研究集刊》必须在讨论会前印出？好，本主席去出版社催。

党史人物研究会、高教学会、家庭教育学会、现代文学会、郭沫若研究会……请任会长？不胜荣幸，笑纳笑纳。嘿嘿，你们哪儿是敬余修老儿有学问？分明想派我做进钱的铜商！好，本主席去讨经费、找会场、要汽车。

党史研讨会要进长岛？好，本主席去找司令员借船。

……

政协副主席超负荷运转，管得未免太宽！

让一位桃李满天下、挚友遍儒林的老布尔什维克做“本主席”，怎不算知人善任！

“芬芳桃李尽高枝”

全国红学会开到泉城，专议《红楼梦》的艺术性。这是会上议题，会下则各吹各的号。被毛主席称为“小人物”的李希凡和蓝翎则与同学计议：上哪儿聚一聚？不约而同：“余教务长家！”

为什么？为了不忘记余老称为“革命的熔炉，红色的染缸”的母校那峥嵘岁月？为了重温教务长在“六二操场”那豪情满怀的报告，还有文学概论课上妙语连珠的话语？为了回忆当年教务长按照华岗校长安排定期到学生食堂吃饭的妙语——“今天，奉命前来吃饭”？

讨吃差使阴差阳错落在我肩上，我去给余老来个二难推理：“您的老学生来了，想和您聚一聚，是他们请您，还是您请他们？”

余老以玩笑作答：“他们都成了大专家，当然该他们请我啰！”

次日，余老捎来短笺：“请希凡、蓝翎、世硕、瑞芳到舍下小酌。”郑毓秀恰好去看同学，看了信后愤然曰：“怎么没我？我还是教务长的文艺理论课代表呢！我不请自去！”

酒阑饭饱，龙井飘香。余老端坐沙发庄重地问：“这些年，李希凡又写了些什么？”

蜚声中外的大批评家李希凡立即成为按题答卷的小学生，慌忙毕恭毕敬地捧了两本刚印出的研究鲁迅的专著，呈给余老。余老手抚书本，莞尔一笑，慢条斯理地又问：“杨建忠（蓝翎）呢？”

国内数得着的大杂文家蓝翎忽然一下子丧失了全部锋芒，谦恭地说："马上要印出《了了录》和《断续集》，我给教务长寄来。"

余老脸上浮现出按捺不住的惬意的笑。那是广栽桃李者见硕果压枝时甜蜜的笑，是中流击水者见后浪推前浪时的笑——

忆昔泉城启蒙时，解放初期我为师。
卅载白驹如过隙，芬芳桃李尽高枝。
——余修《勉华大同学》(1979 年)

……黄河鲤鱼、明湖脆藕，还有张大姨号称"拔丝"的糖水山药又摆上了桌。这次向余老讨吃的是伙给余老出书的"出版商"。余老原本对我说："印了书就请吃，不大好吧？这不像走后门？他们不怕整党？"我将此语转告几位编辑，不料他们非但不打退堂鼓，还振振有词地强调非吃不可。一个说：我在余院长盖的校舍(山东师范学院，今山东师范大学)上了四年学，和老院长吃顿饭顺理成章！一个说：我从 20 年代就是余老的部下，现在头发都白了，就是不出书，老上级还不该管顿饭？索性，齐打伙儿登余府声明："我等皆无把柄怕整党！"这简直像"吃大户"了。

余老被敲了竹杠，还高兴得不得了。觥筹交错，挥洒谈笑，兴致很高地听"冯谖"们讲他记得和不记得的学生、部下有哪些建树，听得那么兴奋，那么喜悦。

那是广植兰桂者见芳菲满园时的喜悦，是险峰登攀者见后来者竞上的喜悦——

流光飞驶卅四年，尤忆创业步履艰。
拔地而起新学府，培养英才万五千。
——余修《为山东师大卅四周年题诗》(1984 年)

对于曾在余府大快朵颐的弟子，最难忘的当然不是美酒佳肴，而是师生尽欢；最遗憾的，则是未曾像余老和成老那样留张师生合影。

用“三十年河东，三十年河西”形容成仿吾和余修的关系，再恰当不过。七七事变后，余修怀着对创造社巨擘的崇敬，被派到成仿吾任校长的陕北公学任学生支部书记。二十年后，余修任山东省主管文教的副省长，经常召集各高校负责人开会。山东大学校长成仿吾重要会必到，端坐前排。余修见成仿吾，辄叉手不离方寸，恭称“仿吾校长”，自居晚辈。1984 年夏，余老侍立成老椅后拍摄的合影，成为几十年中两位文化名人上下级易位而师生情谊弥笃的生动写照。

“一派朝霞注我心”

一篇篇回忆录由余老笔下倾箧而出：毛主席、关向应、谢觉哉、鲁迅、茅盾、郭沫若……报刊编辑发现了金矿，挖山不止。余老以晚霞为朝晖，透支古稀岁月，正如他《扬帆》(1981 年) 诗所写：“桑榆虽晚霞满天，闻鸡起舞马加鞭。”他连住院时都得赶写文章。

有次，张大姨诉苦说：“儿童节也叫你余伯伯写文章，他正急呢。”

“那还不好写？”我打趣道，“搬盆花放脸前使劲儿瞅，文思就瞅出来了。”

张大姨是医药学副教授，讲究毫厘不差，竟当真问：“搬什么花？”

“你听她捉弄人！”余老忍住笑忙说，“她的意思是，儿童是祖国的花朵！”

咦，余伯伯那么老了，思维那么活跃！

有一天，我见余老又伏案疾书，便哂笑曰：“高产作家又在写什么？”

余老掷笔微笑道：“我不也得跟你学着点儿，常写点儿文章，争取当个小名流？”

“余伯伯早就是大大的名流啦。”

“噢？早就是大名流？”

“1967年挂着黑牌在院西大街游街，‘反革命修正主义分子余修’，天下谁人不识君？”

余老发现上了当，朗朗大笑，招呼夫人：“快拿橘子给她吃！”又拿他刚写好的《师友之间怀燕铭》让我看。那是篇相当感人的记人散文，可惜开头不太凝练。等我看罢，余老用孤芳自赏的口气问道：“怎么样啊？”

“不怎么样。”我毫不客气地说，“您回忆齐燕铭，怎么前两页净写您在上海治病的闲板儿？散文开头不能这么拖沓。”

我公然班门弄斧。我深知，尽管对某些同辈文友的批评意见我必须“话到嘴边留半句”，但对这位禀性率直的长辈却尽可以直言不讳。按说，余老乃我“师爷”，我许多老师是他的受业弟子。奇怪的是，师爷竟听任小辈对他的文章横挑鼻子竖挑眼，且在寄给杂志社时，当真把我说的“闲板儿”尽数删了去。

后来，余老委托我把他的回忆录编成《往事集》，一月数次给我写信，嘱我对他的文章“该砍的砍，该删的删”。信首称呼也随心所欲，有一次居然称“学友”，为我转信的老爹马上登门问罪：“她成了你的学友，那我呢？都是你和（冯）毅之俩老头，惯得她扬风奓毛，不知天高地厚！”

余老笑不可遏：“必也正名乎？仍然‘贤侄’？”

《往事集》付梓，余老说：“你写个序！”

我吓了一跳，连话都说不利索了：“您的好友成老、邓力群、刘白羽、韦君宜……谁写不成？我算个什么……猫儿眼？”

“你编书，理当你写。”余老坚持。无奈，我只好“跋”之，且拉老散文家许评合署。

与此同时，运清受托替余老编诗集，快刀斩乱麻地把十几首情诗给扔了出来。余老大为不舍，又拿给另一位教授去重编，那位教授也照样剔除，且说：“这些诗以后再说吧！”

“他们准是说我死了以后再说，封建意识！”余老遗憾地割爱，又琢磨诗集名字怎么取，“要不，还叫它个《扬帆续集》？”

《扬帆集》是余老“文革”前的诗集，也是“修正主义罪证”。我笑道：“还扬什么帆？早就帆落橹折了！”灵机一动，建议道：“叫《鹊华诗草》吧，泉城生人，桑梓为官，‘鹊华’多么切题！”

不久，余老拿刘海粟题签的“鹊华诗草”天真地向我炫耀：“怎么样？刘海粟题签，这封面够体面吧？”

“体面是体面，就是不全面。”我取笑说，“应该写：马某人命名，刘海粟题签。”

余老和夫人放声大笑。余老边笑边说：“狂妄！也忒狂妄了吧？”连眼泪都笑了出来。

我常感到奇怪：像余老这样的“大官”，居然能毫不做作地大笑，毫不摆架子地与晚辈共笑，笑得孩子般烂漫，笑得那么富有感染力。以至于余老已从这个世界消失了多年，许多教授、学者、作家、艺术家仍能如数家珍地一一缕数：余教务长、余院长、余副省长、余副主席在什么情况下，因何缘由，同大家畅怀共笑，笑得多么豪爽，多么开心！

余老是个十足苏东坡气质的人，上可陪玉皇大帝，下可陪玉田院乞儿，能和国家领导人共商国是，能和平民百姓共话桑麻。他如同大自然一样，又简单又复杂，深邃如无底深渊，自由如湛湛轻风，他像泉城的湖光山色一样，是任何人都能够接近也乐意亲近的。因为，他生在泉城，也始终为郁郁葱葱的千佛山、清泉喷涌的趵突泉、杨柳依依的大明湖所渗透——

一夜细雨静无尘，万树新绿更滋润。
登楼凭栏望南山，一派朝霞注我心。

——余修《晨兴》(1983 年)

一个寒风凛冽的清晨，我突然得知：余老殁了！

我像一下子掉进了冰水！余伯伯殁了？那么充满活力的人怎么可能突然殁了？！三天前我还听他大说大笑呢！

原来，在一次省委会议上，余老慷慨陈词数小时，揭露“四人帮”和康生，当晚心脏病猝发，像迅疾的闪电，又像轻盈的清风飘然而去！快人快语的余老，连离开人世都不肯拖泥带水，像贝多芬的交响乐，潇洒自如、酣畅淋漓地奏鸣，奏到震撼人心处，戛然而止！

余老如此行色匆匆，难道是去实现多年萦绕心头的心愿？

或许去宝塔山下、延水河边，再唱一曲“民族的命运全担在我们双肩”？再听一遍毛主席在延安文艺座谈会上的讲话？再去平等地约请伟大领袖为陕北公学写篇墙报稿，就像 1942 年写的那样？

或许去向他的父亲鲁佛民（以大律师为身份的中共早期党员）、长兄鲁伯峻（1927 年壮烈牺牲于千佛山下的地下党省委负责人）禀报：九十老母安享晚年。而周恩来副主席会用邓大姐爱说的话招呼：“鲁氏孝子来了？”

或许去告慰在他髫龄时领他走上革命路的中国共产党创始人王尽美、邓恩铭：志士应无恙，当惊神州殊！

钧天广乐，余音绕梁。原定在东郊饭店举行的追悼会因人数暴增，改在珍珠泉礼堂。压地银山般的花圈和送葬人群导致泉城路交通阻塞。多少位多年没露面的白发如银的学者和艺术家扶策来到珍珠泉，互相无心叙旧，更不忍看对方老泪纵横的脸。各高校师生手制的绢花，刘海粟等挚友手写的挽联，还有邓颖超等国家领导人送的花圈，素花银幛，一片洁白，衬托着余老遗像下鲜血般红艳的党旗。遗像上的余老仍在笑着，开心地笑着，坦荡地笑着，无拘无束地笑着，而几千人极力压抑却怎么也压抑不住的撕心裂肺的呜咽却在珍珠泉上空回荡……

我不能不相信，余伯伯确实走了。

我也相信，“死是永生的门”。

我更相信，不管您活着，还是您死去，余修老伯，您都是一个真正的快活的布尔什维克！

1991 年 2 月

附记:

余修老伯1984年12月25日去世，本文在追悼会当晚已写到笔记本上，七年后应《齐鲁晚报》催促稍做修改抄录见报。令我高兴的，不仅是此文获得山东十四家报刊建党七十周年文学评奖唯一的一等奖，更因为余修老伯亲人好友的肯定。余老夫人张大姨对我说："你让你余伯伯复活了。"刘白羽写信说："作为余修同志的老朋友，我感谢你。"先父的若干朋友，有的是上级如余修，有的是当年义结金兰的同学如冯毅之，有的是邻居如狄井芗，有的是所谓"政界同事"如田仲济。这几位父执在我眼里，不是亲人，胜似亲人，他们非凡的人格魅力令我获益匪浅。

2006年5月

冯叔和他的书

《冯毅之六十年作品选》（山东文艺出版社，1990 年版）收录了作者冯毅之自 1930—1990 年的代表作。作者作为革命文艺家的年代比我的年龄还要长出十几年，如果要我作为晚辈写从他那儿获得的道德教益或写他同父亲六十年的深挚友谊，我大约都可以写出一大篇，冯叔嘱我为他的书写序，我便有点踌躇了。但我想到，倘若父亲在世，一定会因此书的出版而高兴，就不由自主地拿起了笔。

在济南东郊干休所，冯老有“五最”之称，即年龄最大（1908 年生），级别最高（副省），参加革命最早（1930 年入党），一生最坎坷，身体最好。我认为干休所的老革命对他们之中的佼佼者概括得非常精彩。而《冯毅之六十年作品选》便是这位“五最老人”一生的生动写真。这本书是作者在黑暗中国追求共产主义理想、在国破山河的岁月为民族浴血奋战、在社会主义时期呕心沥血并与极左路线殊死搏斗的实录，是追求真理者艰苦跋涉的履痕，是为国家民族上下求索虽九死而不悔的真实写照。

我从学话起，便呼冯毅之为“叔”。他和父亲是在山东第十中学（今青州一中）上学时的同窗好友并义结金兰。后来冯叔到济南读高中，又随其师胡也频到上海，他对老师的艳羡，既羡其文学成就又羡其夫妇和美。多年后，冯叔还清清楚楚地记得胡也频及其妻丁玲逃亡中在济南火车站相遇，两人旁若无人地拥抱在一起并热烈亲吻。在 30 年代，那实在是太出格，也太令父母包办婚姻的冯叔羡慕不已。1930 年冯叔参加左翼作家联盟，在上海参加由鲁迅、茅盾、潘汉年等任教的左联青年作家讲习班，现代文学史上名震寰宇的许多作家都是他的老师。后来他被派到北平创建北平左联并担任组织部长，长期坚持地下党活动和普罗文学写作，出版过多种诗集、小说集。在大革命失败后的白色恐怖下，他坚信“普洛（罗）文学是战斗号角，革命作品是血写成”（《悼胡也频老师》）。全面抗战爆发后他奉党组织之命到鲁中领导抗战，成为鲁中威震敌胆的抗日英雄。日军司令曾巨额悬赏取“冯铁头”的头颅，而被悬赏者就在敌酋鼻子底下大摇大摆地随意出入青州城，而我们家就是他的下榻处——日寇怎么也不会想到，温文尔雅的名医“马胡子”家里竟藏着八路军司令员。青州和淄博一带至今还流传着大量冯毅之的抗日故事。1942 年日军发动的马鞍山战役，本意是围剿以冯毅之为首的鲁中抗日主力，因部队转移，山上只留下了部分伤员和家属。日寇攻山数日，军民顽强抵抗，山破时，冯毅之的父亲、妹妹、妻子、四个女儿，一家七口全部跳崖殉国！一门忠烈，义贯千古。后来冯叔在《淄流滔滔》等小说中真实地再现了抗日战争的艰巨性、复杂性、残酷性。他的抗日战争日记则详尽地记录了鲁中人民一系列可歌可泣的斗争业绩，其中《马鞍山组诗》尤为催人泪下：父亲苍颜白发／妹妹妙龄青春／爱人忠顺温存／孩子活泼天真／“我们决不做俘卢

（虏）！”/粉身碎骨，碧血淋淋。（《思亲泪》）

我家的兄弟姐妹不约而同地怕这位根本没血缘关系的叔叔。即使他当右派时，他在我们家也是说一不二、令行禁止。当我们调皮而好脾气的父亲管不了时，他就说“叫你们的冯叔来”，我们就知道会有一场好训，没准儿还挨个脖儿拐，马上老实起来。

我能记事已是解放战争后期，即八路军和国民党军拉锯时期。冯叔常在父亲的书房里和人议事，门口站个荷枪实弹的警卫员。冯叔在房间里一声“李敬！”喊声未落，警卫员已立正响亮地回答：“有！”“李敬有”三个字儿衔接得天衣无缝，马家顽童就别出心裁喊警卫员“李敬有”。其实人家根本不姓李，是冯叔从长秋村带出来的本家。

“文化大革命”冯叔逃亡长秋村时，又是这位“李敬有”秘密地跑到济南，先找到我父亲，然后才和冯婶恢复了联系。“李敬有”感叹：在济南找那么多人，谁也不接待，到了马家，嘘寒问暖，热汤热水！冯叔这次逃亡，当年掩护他逃脱国民党追捕的村民又掩护他摆脱了造反派。有位村民故意问来抓冯毅之的造反派：“我记得 1936 年时国民党来抓冯毅之，说他是共产党。现在你们又来抓他，你们是什么党？”

为建立红色政权立下汗马功劳者被这个政权专了政，在“文化大革命”中已成了屡见不鲜的事儿，而冯叔受的迫害尤令人发指。他被指控种种罪名：老右派、三反分子、走资派、黑作家、王王庄分子（王王庄：“文革”中山东三个被打倒的人物）、五一六分子、现行反革命……无奇不有，被罚劳改、关牛棚，有一次被勒令去一个贫下中农诉苦会受教育，让一家七口人牺牲在马鞍山的抗日功臣去听诉苦人当年受日本兵鞭打之苦，真是有点黑色幽默了。

冯叔的诗文记载了这些惨痛历史事实。他公然在日记中批判林彪、江青甚至对“文化大革命”提出批评，在那时是冒生命危险的，但他无所畏惧，“我写诗文为作证，秘密藏于不知中”。因为这些诗文日记的真实性，它完全可以成为中国一个非常时期的非常见证。这些诗文已部分地收入冯叔的六十年作品集中。

这些文字也给他带来了更残酷的迫害。作者已经如他《准备赴刑场》诗所写，做了被杀头的准备，灾难却偏偏降临到他妻子身上。抗日战争的女战士、济南烟厂的党委书记朱平以死抗议了造反派的迫害。她不肯交出冯毅之那些秘密日记，宁可投井而死。这噩耗，时隔很久，冯叔才在监狱里听说。这是但丁《神曲》中所描述的炼狱般的烤炙。“悬崖悲剧难忘记，井口又写悲痛史。时代相反同遭遇，是非真理在哪里？”“一难未消一难临，爬过刀山血海深。血腥道路难迈步，活着比死更艰辛。”（《噩耗》）

1974 年的一天，我去看被赶到一间终年不见阳光的地下室中蜗居的冯叔，不知怎么就说起了当时的文艺。冯叔气哼哼地断然说：“江青那套‘三突出’如果能在历史上站得住脚，你杀我冯毅之的头好了！”他甚至做了一个杀头姿势！我当时吃一惊，后来回思，觉得冯叔真是不同寻常的人：国民党统治时期，他是杀头都不怕的共产党人；共产党坐了天下，他倒因为秉性正直，指斥时弊，给打成右派；八年全面抗战中威势赫赫的英雄，竟给挂起来两个全面抗战的岁月！当年同江青稍有瓜葛的人，在“文革”中会夤缘爬上去，他这个解放初曾陪江青一起去调查武训的文化局长，却因此看透了江青只不过是个小资产阶级知识分子，根本不配当旗手！无巧不成书，家父也跟江青打过交道。他们共为第三届全国人大代表山东组成员。父亲说起 1964 年对江青的印象，居然是“谦和有礼貌”，“不像康生那样趾高气扬”，“没想到江青‘文革’中这么样扬风奓毛”！

我是在还讲究“两个凡是”的 1978 年看到冯叔那两本厚厚的“文革”日记的，如获至宝，用十几天工夫，一字一字地抄在三个大笔记本上。当时我问冯叔：“你冒生命危险写这些日记记事，一旦给发现就有可能掉脑袋，你为什么还要这么做？”他回答说：“我觉得这样活着才有意义！”

冯叔是脍炙人口的抗日战争故事的主角，又是齐鲁文坛有威望的领导人之一，还六十年如一日地写啊写，在顺境中写，在逆境中更写，这就无怪乎他的名字“毅之”了。其实这不是他的本名，冯叔曾经兴致很高地说他的名字：“我本名冯登瀛，字仙洲，后来我看了罗曼·罗兰的一段话，大意是，世上你无论做什么事，你只做了一半儿，不坚持下去，仍会半途而废。我对这段话感触很深，从此改名毅之。”

“文革”后，冯叔出任山东艺术学院院长，又一门心思为教育而殚精竭虑，培养出诸如彭丽媛这类艺术家。我问冯叔，忙成这样子，没时间写了？他说，古人说，立德立功立言，人生在世，首先尽力立德立功，最后才是立言。

写到此，我想起一件有趣的事来。前不久我得知，这部《冯毅之六十年作品选》还仅仅是冯叔近年宏图大志的一部分，实际上他已将“风雨沧桑一百年”这个大标题下的十本书大体写就，准备在九十岁后陆续出版。

那天，冯叔很有兴趣地问：“你多大了？”听到回答后，他笑道：“你年龄不大，我一百岁时，你才六十来岁，你会看到这些书的！”

我先是一愣，随后，快活地大笑！

1990 年 3 月

狄叔叔的火炉

一

我家兄妹自从大学毕业后各奔东西，就互相很难见面，连春节都不例外，在“文攻武卫”甚嚣尘上的那个初秋，却聚合在泉城父母身边。我是清晨进门的，在单位被造反派扫地出门，三十六计走为上。未及傍晚，两个哥哥接踵而至。三哥所在的研究所已经研究起街垒建筑来，他的好朋友偶尔从街垒走过，一颗子弹正中脑门，三哥落荒而逃，急急如漏网之鱼。大哥则受了造反派用铁棍子进行的“再教育”，有人报信，马上要兑现“砸烂狗头”，遂阖家出逃，惶惶然似丧家之犬。

倒是母亲想得开：扣工资？随他！千幸万幸，孩子们活着回来了。那脑门上中了子弹的，做娘的还不得痛死？叹息之后，她就说，我们来新邻居了，省府的狄井芗秘书长，原来做过济南市市长的。

我们住的小楼是德国式建筑，红木地板，双层玻璃窗，墙厚足有半米，原来是国民党建设厅厅长的住宅，还做过日本鬼子的重要机关。秘书长既然被打倒，照“响当当”的角色看来，让他住到这儿来，简直是格外开恩。

秘书长其实并无住新居的荣幸，他和夫人孙朴，住牛棚的住牛棚，住干校的住干校，家中只有一个瘫痪在床的老母亲和两个连饭都做不熟的小姑娘。那濒死的老人，终日呼儿唤媳，呻吟之声不绝于耳。我母亲常过去照看一下，因此院里的“响当当”就上纲上线，说“物以类聚”。

朔风凛冽，草木为摧。我在家里住到了冬天。一天，我正在火炉旁看书，忽听有人敲门，我说：“请进！”

应声进来个陌生人，头上直竖着寸把长的花白头发，面目清秀，目光灼灼，身穿极讲究的人民装，裤线笔直，脚上却穿双连废品收购站也未必要的布鞋。他手中拎了副煤夹子，推开门后，见是我，怔了一怔，说：“我的炉子灭了。”

你的炉子灭了，跟我有什么相干？我又好气又好笑，出于礼貌，没笑出声。父亲恰好进门，笑着问：“又灭了？”然后介绍：“这是狄叔叔！”“这是二女儿，那个学中文的。”他一边说着一边打开炉子，让狄叔叔把一块火红的煤钳走了。

原来，秘书长就是他！他刚从牛棚放回来，罪名依旧是“反革命修正主义分子”，当然不能安排职务，就做了家中不合格的司炉。他管的炉子三天两头灭，要不就是要用火时半死不活，要封火时熊熊燃烧。他家的小妹说：“还秘书长呢，连个炉子都管不好！”

因为狄叔叔夹走了一块煤，我等了半小时才烧开了水，正准备沏茶，忽听狄家小妹大喊一声：“了不得啦！爸爸！”

出了什么事儿？我不假思索冲出了门，推开对面的房门。

一只大冠子“白洛克”正在方桌上悠闲地啄食碗里热气全无的面条。狄叔叔坐在桌子另一端，专心致志地瞅一本书。看到我冲进来，他才如梦初醒，放下书，一边慢慢腾腾地赶那鸡，一边说：“下去，这是你能吃的吗？”

我忍住笑，走过去，拿起桌子上那本书。《贞观政要》！我惊奇极了。我心目中的老干部，应当是看红头文件的，怎么倒看文言历史书？这是教授才看的嘛。这《贞观政要》，在1962年曾风行一时，如今因为书中批判了皇帝，已成了禁书。他怎么倒看得如此入迷？我忍不住又看狄叔叔一眼。他笑了，天真的笑，诚挚的笑，无所畏惧的笑，只有正直的人才会有的笑。君子坦荡荡，小人长戚戚。我也笑了，会心的笑，如释重负的笑。一本古代的书，立时缩短了历尽沧桑的秘书长和初出茅庐的大学生之间的距离。

中国的“等”也算世界水平了。狄叔叔等“解放”，从儿子恋爱，等到孙子能振振有词地发表议论。我家小妹说，狄叔叔已成炉火纯青的司炉了。他封火，必定封得时间久，而且一打开就可以做饭；他加煤，必定恰到好处，早一点儿还没烧透，晚一点儿就引不着了。我对小妹说：你这个医生该做小说家，说得玄而又玄。小妹说：还有更神的呢，狄叔叔和父亲现在都成气象专家了。

我对父亲的“夜观乾象”早就习惯了，对狄叔叔却未知其详。听了小妹的话后，第二天，我在走廊上遇到狄叔叔，信口问一句：“狄叔叔，今天多少度？”

狄叔叔站住了，一本正经地说：“室内32度，院子里35度。”

我调皮地再问一句：“院子里树下和太阳底下一个样吗？”

“树下是33度。”狄叔叔继续一本正经地说，停一停，又补充一句，“走廊上也是33度。”

那个精确劲儿，令我瞠目良久。

狄叔叔的孙子名曰“宏”，全院的人都叫他“宏子”。宏子常摇晃着大脑壳在走廊上吟唱，他最爱唱一个自编三部曲：“倒垃圾（高音）——换大米（中音）——茅房里有人吗（低音）？”

我问：“宏子，你为什么唱三句还三个调儿？”

答话的却是宏子的爷爷：“农民清早进城收垃圾是合法的，所以可以大喊大叫；农民种了大米却舍不得吃或吃不起，只好换成粗粮再吃，是半合法的，所以声调不高不低；天不亮到公共厕所偷粪是非法的，只能尽量低声。”

真是独具慧眼！秘书长搬出了有卫兵站岗的省府大院，居然得到了观察农民、分析社会的机会。

我兴味盎然地问：“宏子，你长大了想干什么？”

“鼓嗒嗒，鼓嗒嗒，嘭！爆大米花！一天挣两块八！”

我捧腹大笑：“哎呀呀！你可没你爷爷挣得多啊，他一天得挣六块八吧？”

那时，一个行政十级干部的月工资换算成日工资，大概就是一天六七块钱吧。那爷爷，那一天拿着人民六块八工资却在家观测天气的爷爷，听了我的话，露出无可名状的气恼神情。我想，为共产主义而奋斗终生的老共产党人听了自己的小孙子的理想居然是“嘭！爆大米花！”那该是多么悲哀的事。

在测气象、管火炉的同时，狄叔叔整天手不释卷，虽未官复原职，却已经能买到各种内部书籍了，《史记》《资治通鉴》《第三帝国的灭亡》《名利场》《简·爱》……那时，我已经调到淄博日报社工作，因有病在父母处休养。如鱼得水，我天天从狄叔叔那儿借书看，一本一本，一册一册，看得眼都发蓝了。终于有一天，狄叔叔问："你怎么总是在家里待着？不回报社上班？"

我的牢骚话冲口而出：今天你整我，明天我整你的勾当我看够了呀；我编教育版，而那个版上每天都得骂我们这些"老九"呀；没有煤，没有电，报纸还得一个劲地宣扬"形势大好"呀！一言以蔽之：我什么都不想干，什么也不愿意干，让这个世界见鬼去吧。

狄叔叔沉吟半晌，才一字一顿地说："你还年轻，能为人民做一点儿好事，就应该尽量去做。如果你不说假话，劝你的同事少说假话，那这个世界上的真话岂不就可以多起来了？"

"那……狄叔叔，您怎么也不出去工作啊？"我冒冒失失问了一句。

"总得有人派我去工作呀！"狄叔叔回答。

是啊，他等工作，等分配，还得等到他的老首长也"解放"了才行啊。

我回报社不久，狄叔叔就出山了。他带了工作组到矿务局抓煤炭生产，父亲托他给我往报社带去了当时非常稀罕的白糖。狄叔叔的兴致很高，乐哈哈地说：现在上下级关系总算理顺了。在牛棚时，他是组长，某某省长、某某书记都是他的部下，望穿秋水，好不容易地，才又给他们当上了部下！"他们派我抓煤炭，总比我派他们扫大街好！"

当老头儿们去抓千家万户的火炉时，狄家就没有了司炉；当狄家的司炉因为犯了"唯生产力"错误回家重操旧业时，千家万户就又没了煤炭。而我们虽然交了水电费，却仍不免一天一天地点蜡烛。我不禁想：如果这“文化大革命”再这样进行下去的话，我们大约得回到钻木取火、茹毛饮血的穴居野人时代了。

二

谢天谢地，终于可以坐在暖气旁无停电之忧地看电视了。粉碎“四人帮”后第四个春节，我已调回母校任教，忙得脚丫子朝天，很久没见到狄叔叔了。因为父亲和狄家都搬家了，住在同一座楼上，不再对门而居。

有一天，我问小妹：“狄叔叔最近忙什么？”

小妹一笑：“他嘛，最近干了件有名的事儿，一屁股坐到炉子上了。”

“什么什么？”我几乎从椅子上跳了起来。

原来，狄叔叔到南郊宾馆开会，孙大姨因为天气越来越冷，暖气还没送，就在房间里点上火炉，放在原来摆沙发的地方。狄叔叔开完会，和一位多年没见的老战友一起回家，进门后仍然继续在路上的话题，一边高谈阔论，比比画画，一边一屁股坐到了火炉上。

我赶忙问：“狄叔叔烧伤了吗？”

小妹说：“幸亏炉子是封着的。”

“我得去看看狄叔叔和孙大姨。”我说。父亲就说，这还多少像那么回事，狄叔叔和孙大姨常问你呢。我又说：“我得去看看狄叔叔的火炉、孙大姨的鸡。”

家里人都笑了，说，孙大姨早就不养鸡了，人家现在集邮呢。

恰好父亲要去狄叔叔那儿，我就聊充护兵，一同前往。

狄叔叔还是原来的样子，头发一根一根地竖着，只是全白了，鹤发童颜。看到他的桌子上摆了份手稿，我顺口问道：“狄叔叔在写什么呀？”

狄叔叔就滔滔不绝地说起来——

某年的“清党”，自伤自残，教训惨重，某老头儿是知情的，不过写这个对他本人不是脸上增光的事儿，可是为了尊重历史，尊重事实，就一定得动员他如实地写出来……

某县 1942 年暴动，我已经找到人来写了……

狄叔叔说着说着，忽然灵机一动，马上抓个官差：“益都县解放前后的事，当然得老马写。”

父亲谦虚地说：“我写不了。”

狄叔叔笑道：“青州的事，你这‘县太爷’还不是最有发言权？再说，你有这么现成的秘书，还怕完不成？”

父亲笑道：“老狄，你真会见缝插针哪。”

狄叔叔受命主持文史资料工作。刚粉碎“四人帮”时，山东的文史资料工作在全国名列前茅，里边就有狄叔叔的功劳。其实，早在“四人帮”横行时，狄叔叔就很注意山东老一代共产党人的踪迹。他一“解放”，先跑到北京，去见曾任山东省副省长和卫生部副部长的郭子化。因为我也曾在郭子化手下工作过，狄叔叔就问我：何不到北京看他？又把他们见面的情景描述得像小说一样：“郭老的手里拿了文明棍儿，每天早上都上后海散步去。他住的破平房几乎成了书库，周围全部是书！我一进门，就问：‘您还认识我吗？’郭老抬眼一瞅，就说：‘我怎么会不认识你？

1939年，你打入国民党内部，不是我派你去的？’……这些老人真是党史的宝库，如果郭老不记得他派我打入国民党内部，我岂不成了叛党投敌啦？在‘文革’中，郭老帮多少人弄清了历史问题！”

狄叔叔跟父亲兴味盎然地说文史资料，我忽然想到个恶作剧式的问题：“狄叔叔，今天您的房间多少度？”

“多少度？”狄叔叔茫然地反问一句，看了看墙上的温度表，说，“20度。”

父亲叹道：“这么冷，烧到这个度，不容易呀。”

狄叔叔笑道：“炉子旺着呢。”

一说到炉子，我马上联想到：坐到炉子上的幸运可不是每个人都有的，不禁掩口而笑。狄叔叔也笑了。他肯定知道我为什么笑！

三

我去看望狄叔叔不久，他就离休了。

狄叔叔离休不离休对于我们这些马家儿女都一个样儿。因为在我们心目中，他从来就不是什么官，而是有困难可以去求助、感到迷惑可以去促膝交谈、啥事没有也可以聊大天的长辈。我最喜欢有事没事跑到狄叔叔那儿坐着，问：“狄叔叔，对最近某事您怎么看？”狄叔叔就兴致勃勃地讲起来，古今中外、天文地理、时局政事，信手拈来，十分精辟。狄叔叔十分关心我们这些所谓青年人的世界，问最近写什么了，上哪儿去了，见到什么了，然后就睁着好奇的大眼睛听我“满嘴跑火车”。狄叔叔是书迷。看他那一橱一橱的书，还有几乎天天跑新华书店的劲头儿，我觉得狄叔叔显然选错了专业：明明是个学者的料子，怎么就从政了？狄叔叔特别喜欢打开他的书橱，让我欣赏他刚刚买来的书，如数家珍地说，哪一本是在哪儿买来的，它的优点是什么，它与某某书的联系是什么，对这个议题，还有什么书可以看。我边听边想：真是个高智商、好脾气的好老头儿，有这么一个叔叔真不错，即便不是一个姓。

狄叔叔肯定不知道马家兄妹背后对他的称呼是“狄老头儿”。这好像大为不恭，实际上，在父亲的老朋友中，我们如此随便、如此亲切叫“老头儿”的，还不是太多，最常叫的是“冯老头儿”（冯毅之）和“余老头儿”（余修）。这简直成了毫不见外、视如家人的称呼。因为早在60年代，父亲机关上的人就说：“马家的孩子没上没下。”为什么？因为他们把自己父亲叫“马老头儿”！

去年我从西北回来，孙大姨见了我说：“你狄叔叔听说你跑了西北五省，正等着你来‘汇报’呢。”

我兴高采烈地说：“我马上就去！”

不料，几天后，狄叔叔因为连跑几次新华书店犯了心脏病。“我什么时候可以去看狄叔叔？”问了几次后，居然到他的告别仪式上了。自从父母去世后，我第一次像又失去亲人，感到难以平息的哀痛。

我常回忆起我们和狄家比邻而居的趣事。比如，狄叔叔的三儿子保荣当了解放军，在院子里给宏子和琳琳（我大姐的小女儿）进行“思想教育”。他叙说珍宝岛的解放军如何艰苦，如何勇敢，如何在冰天雪地坚持斗争，循循善诱地对两个小家伙说：“如果你不投降，就要在雪地里冻死；如果你投降，就能上苏联那边吃巧克力。你们选什么？”两个小家伙毫不犹豫地说：“巧克力！”

我还常记起我儿子牛斗和宏子之间那种类似于《三国演义》分久必合、合久必分的局面。有时，一见面就军阀重开战，打得天崩地裂，而两家的大人却当玩笑来看。有时院子里的男孩们把宏子“五花大绑”进行“游街”并执行“枪决”，而已官复原职的狄叔叔和孙大姨一点儿也不忌讳，反而笑吟吟地瞧热闹。至于我们两家，几乎在一个锅里搅勺子，那勺子却从来不曾碰锅沿。我倒是常听我的父母用十分心疼的口气说邻居。父亲说：“老狄当年做秘书长，指挥个千人大会，易如反掌！现在呢，做司炉！”母亲说：“他狄叔叔和孙大姨啊，宠辱无惊！”照那时“响当当”的看法，这，就是“臭味相投”啦。

我印象极深的是，有一次，母亲坐骨神经疼，昼夜不能躺卧，十分痛苦。狄叔叔就建议，可以把李仙洲请来做气功推拿。说请就请，狄叔叔马上亲自跑到李仙洲住的地方去了。一会儿，气喘吁吁的狄叔叔把李仙洲领了来。那位国民党老将军已经年逾八旬，身高足有一米八五，腰板儿直直，礼貌周全。院子里的小家伙听说电影上的李军长每天来给马奶奶治病，都好奇地围在大门口。等李仙洲走过时，一个小姑娘居然来了句“这就是那个‘活捉李军长’？”那位前军长则泰然自若地走了过去，好像不曾听见。母亲生了几乎一个班的子女落下的病根，居然由黄埔一期毕业的名将治好了。后来，我就拿老太太开玩笑：甭看无党无派无职无位，却有共产党的省府秘书长给请医生，国民党的五星上将客串华佗，而且，他们都是步行前来“服务”！这也是那个非常时期才会有的事。为了这件事，我一直对“李军长”感恩，愿他的灵魂安息！

对狄叔叔，我最欣赏的还是他对待院里“响当当”的不卑不亢，我常把他们在院子里见面的场面当作喜剧回忆。如果某“响当当”对狄叔叔挺胸凸肚侃侃而谈，那就说明狄叔叔赋闲了；如果“响当当”对狄叔叔三十度鞠躬如也，毕恭毕敬做请教之状，那就说明狄叔叔又“出山”了。

至于面对“三变脸儿”的狄叔叔，他永远笔直笔直地站着，面带对社会人生洞若观火的神情站着，满头白发，潇洒自如。狄叔叔离开我们一年了。我脑海里有时会出现他在父亲的遗体告别仪式上哭得泪人儿似的动人情景，更多的是他在观天气、当“司炉”、和反动派人物周旋时的风采。那是一座人格的雕像。我得把这些记下来，让没有——谢天谢地，也不可能有——那样遭遇的宏子，还有他的“亲密战友”牛斗和琳琳都知道。顺便说一句，这三位都是大学生，宏子没有实现他当年“嘭！爆大米花！”的宏图大志，在航空学院学习呢。

1992 年 10 月

父执田仲济先生

20世纪70年代末，我授课之余爱写点小文章。那时，高等学校刚从“文革”的破坏中复苏，我是以羡慕和崇敬的心情面对“田仲济”这个名字的。这位30年代成名的作家“文革”中被罗织罪名打成“反动学术权威”，“反动”既已平反，剩下就只有“权威”了。

有一天，我忽然在田教授文章中看到了对我的小说《医院奇事》的评论，肯定主人翁塑造成功。我受宠若惊，回家跟父亲聊起。没多久，父亲去开会，不记得是省人大常委会还是省政协常委会，因老人两边任常委，家人以“开会忙”笑之。父亲回来后说，他郑重地向田老道谢，田老更加郑重地声明：“我可不是因为你才写那篇评论，我根本不知道你还有这么个女儿！”转述完此话，父亲叹道：“倔老头！”

因为老爷子们的会有时也到离山大不远的饭店开，我就有了跟田老见面的机会并做下“以文贾祸”的勾当：我有篇文章说田老写文章对极微小的错误也不放过，但有一次从澡堂出来后，田老居然拿错马老的裤子。我将此事跟潘承洞不识老来嫩芸豆、童书业不修边幅放一起，写了篇《大智若愚新例证》，自以为调侃得有趣，没想到惹恼田老。在一次会上匆匆相遇，他板着脸说：你那篇散文是“演义”！我说：我是听妹妹说的！两天后，田老一本正经写信“辩诬”，你这篇散文“演义”，你去问问令尊，倘若他也这么说，“我将以此向令尊领教”！我慌忙报告老爹，老爹说：“赶快道歉！”我遵父命打电话请罪，田老哈哈一笑，容我蒙混过关。

田老和父亲君子之交淡如水。父亲去世后，田老却不断给我以关怀、照拂，不完全以父执身份，而是出于教育家培养学生的习惯和长者奖掖后进的本能。我的《蓝眼睛·黑眼睛》问世后，田老在眼睛开刀、视力微弱的情况下亲笔写封长信大加激励，认为作者的小说创作水平已超过散文，拳拳呵护之情，溢于言表。其实，蒙田老不计“演义”之误，我第一本散文集《学海见闻录》就是由他作序，他肯定我那些“少作”有“泼辣和机智”的特点。

《创业史》有段名言，大意是，人生重要时刻只有几步，就看你怎么走。在《蓝眼睛·黑眼睛》出版后，我荷戟彷徨，自问：“小说要不要继续写下去？”多亏五位年逾八旬、德高望重的老前辈即评论家陈荒煤、美国文学专家吴富恒、现代文学专家田仲济和孙昌熙、历史学家赵俪生，不约而同地重重推了我一把。他们对我的长篇处女作进行角度不同的深刻分析、细致剖论，让我受益匪浅。他们鼓励我继续把“新儒林”长篇小说写下去，后来就有了《天眼》和《感受四季》。

因为大学生对“蓝眼睛”的兴趣，山东师范大学外语学院侯院长邀请我去讲演。我刚说了句推托之词，侯教授就说：“假如我请不动，自然再让田老敦请。如果去呢，学校安排田老出面宴请。”

我迭忙说：“我去我去！不要说给学生讲课，就是田老的书房缺个扫地焚香的，我马上飞奔去找笤帚！”

我暗暗庆幸又有了向田老学一手的机会，听这些学识博大精深、修养炉火纯青的老学者吉光片羽的闲谈，总能给我深刻启迪。

果然，饭桌上谈到逢会必滔滔不绝、擅长“宏观思考”却压根不看作品的某种评论风气，田老淡然一笑道：“微观作品不去认真看，哪儿来的宏观？纯粹是蒙人的江湖派学者！”

真是轻轻一击，切中要害，思维何等尖锐明快！

我举杯说：“祝田伯伯健康长寿！”

田老应声而答：“我眼看就九十岁，活得够长了，该祝你们几位长寿！”

全桌人拊掌大乐。

我总是记起此前一年 1993 年 4 月“田仲济杂文研讨会”的一件趣事：吴奔星教授让研究生带了本发黄的书给田老，我好奇地伸过头去瞧，书名是《新型文艺教程》，吴教授在扉页上写了段话，说因事不能与会，送本珍藏旧书给田先生做纪念。田老见我好奇地看这份特殊礼物，就带几分得意神情问我：“你见过我这本书吗？”

我瞄了下版权页——民国 29 年（1940），怅然若失地说：“没有。这本书比我岁数还大呢！”

我一边说一边好奇地端详鹤发童颜的田老：高大挺拔，相貌堂堂，衬衣雪白，领带鲜红，耳朵像如来佛那样又大又厚又圆，手里拿着本自己五十多年前出版的书！人生阅尽，世事洞明，保留着青年才俊般的敏锐，又有年高德劭者的睿智和宽容，这是幅多么优雅生动的夕阳图！

1999年初春一天，田华忽然坐出租车跑来给我送香椿芽，发牢骚说："我每年这个时候必定给父亲骂一顿，催着赶着说：'怎么还不去给马瑞芳送香椿芽？'"

田华挨骂缘于我信口开河。

数年前我去看田老，发现桌上有特好的鲜香椿芽，就问：哪儿来的？

田老骄傲地说："我自己种的呀。"

我笑道："哎呀田伯伯，您啥时又当上'农民企业家'啦？"

田老继续炫耀："我有好几棵树呢！你知道吗？香椿芽有绿、红、黑三种，黑的最珍贵。可惜我只有红的，也是香着咧。"

接着，他兴致勃勃带我去看他栽培的各种各样的月季花和香椿"自留树"，我说："我以后也有鲜香椿芽吃啦！"

晚辈顺口一句话，九十二岁的田老居然记在心！

父亲离开人世十几年，耄耋之年的父执连这点儿小事都惦记着我！

1999年

白 羽 还 乡

古体诗的现实性注释

风雨九州拜古城，百年难忘故乡情。
元戎笳韵飞苍野，居士黄花送晚晴。
五里荷香千日醉，一天岚影万山青。
峥嵘放眼从今看，大浪雄涛万里程。

——刘白羽七十六岁返故里抒怀

古人回乡诗很多，贺知章《回乡偶书》最著名：“少小离家老大回，乡音无改鬓毛衰。儿童相见不相识，笑问客从何处来。”刘白羽的回乡诗与贺知章不同，有离情，有怀思，更有讴歌家乡巨变的豪情。

刘白羽是散文名家，却以长篇小说获得茅盾文学奖。我觉得他的古体诗也很有味儿，很动人，古体诗是他表达感情的最凝练的形式。而我有资格解释这首诗，因为我参与了白羽诗所写事件的全过程。按图索骥地将生活中的一些有趣的细节对照写下，或许很有意思。

“风雨九州拜古城”——在青州博物馆，一进馆，小解说员指了图片说："在大禹治水时，就有青州。"一向以沉稳、严肃著称的刘白羽一听，情不自禁，几乎是眉飞色舞地对夫人汪琦说："我们青州在大禹治水时就有！"他把那个"我们"咬得格外清楚，自豪之情溢于言表。至于为什么要用"拜"，自然更好理解，三叩九拜，亦写不尽乡情矣。

"百年难忘故乡情"——刘白羽其实生在北京，长在北京，根本不曾到过他心目中的故乡，何以会百年难忘？此事正如他自己所说："如果我不来寻根，我的下一代人也许就不会来了。"而自从他的祖父离开故乡，恰好百年出头。

"元戎笳韵飞苍野，居士黄花送晚晴。"这两句是典故。前一句写当年青州知府范仲淹，他著名的词《渔家傲》有"千嶂里，长烟落日孤城闭"，千古绝唱，是范仲淹镇守边关时的作品。而范仲淹是青州人至为尊敬的清官。"元戎"指范仲淹，"笳韵"指他这首词——原词中有"四面边声连角起"，是为笳韵。后句则写李清照，李清照曾在青州居住十几年。她的"人比黄花瘦"即在青州时的作品。"元戎笳韵"和"居士黄花"是用典怀古，这两个不同风格的词人是青州人言必有之的历史人物。这两句典实切题，对仗讲究，很现古文功力。

"五里荷香千日醉，一天岚影万山青。"此两句不仅是对仗工整的写景，而且是作者亲身经历后对青州美景的画龙点睛之笔。白羽刚刚到青州，乘车看市容，一路看一路赞，到得荷花桥，见桥下北望荷叶田田，南望荷叶翩翩，南北连亘，足有五六里路；再看荷叶池塘的上方，依依杨柳望也望不到头，看也看不到边。白羽不禁连连说："太好了！太好了！""荷香"一句，即写此景，而“千日醉”则是酒不醉人人自醉也，是对故乡美景的陶醉。“一天岚影万山青”则是指云门山等青州名胜，其妙字在于“青”，既含青州之意，又写青州之景。白羽曾来到云门山下，遥望中外闻名的大“寿”，对云门山出类拔萃的绿化赞不绝口。刘白羽的两句诗，是对青州的概写，也是对青州景物的点睛之笔。

“峥嵘放眼从今看，大浪雄涛万里程。”这两句大约最能体现白羽风格。从来景语是情语。而此句把怀古、写景和当前的经济腾飞联系了起来，这是良好的愿望，把还乡伤感抛开，变成浪漫主义的积极向上情调。

“我是青州人”

大约三十多年前，以“京味儿”名家的老舍曾对刘白羽说：“你是北京人，怎么不用京白写作？”

刘白羽用纯正的普通话——不是北京土话说：“我不是北京人。”

关于刘白羽的多如牛毛的“作家介绍”都说“刘白羽，北京人”。刘白羽 20 世纪 30 年代以小说《冰天》成名，新中国成立初和西蒙诺夫一起获斯大林奖金，90 年代又以长篇小说《第二个太阳》获茅盾文学奖。在当代文学史上，他被称为“金戈铁马派”的重要代表作家。《日出》和《长江三日》脍炙人口，是家喻户晓的当代文学名篇。教育部现在将《长江三日》改名《长江三峡》放进教材，全国大约有 200 万高中生每年在灿烂的秋天读《长江三峡》。

青州的秋天真美，云门山蓊郁的绿树把那个大“寿”字衬托得愈加鲜红。清风徐来，带着柳树的清气，在范公亭和顺河楼之间飘洒。金碧辉煌的博物馆在艳艳的秋阳下愈加仪态万方。不过，最美的也许不是山，不是水，不是亭台楼阁，而是中学生映着秋阳的脸。金色的夕阳透过松树，点点滴滴地洒在他们的脸上，洒在女孩子手中的花扇上和五颜六色的裙子上。

命运的规定——命运！我忍不住这样想。如果不是命运，为什么我女儿所在的山东师大附中刚刚在学高中语文的第一课，而青州学生偏偏在学第二课《长江三峡》？这儿的进度为什么不多不少，偏偏比别的地方快了一课！

青州一中。一伙十五六岁的男生女生在美丽的松林书院排校庆节目。我们这伙好像是参观的人走进松林，随后闻讯跑来的一位学校领导大声对学生说："刘白羽同志来了！"

"呼啦"一下子，学生们把刘白羽围了起来，像是满树林扑下无数的小鸟，叽叽喳喳，闻讯赶来的教师也参加了进去，沸沸扬扬，几句话有许多人在同时说："我三十年前就念《长江三日》！""我喜欢《日出》！"

能被读者如数家珍地说自己的作品，是作家最大的幸福，特别是有那么多不同年龄的读者说一位作家不同时代的作品。有几位高中语文教师匆匆赶来，真情地拥了刘白羽合影，十分动情地说，他们是念着《长江三日》长大的，现在又在课堂上教《长江三峡》！

被围在人群中的刘白羽，脸上洋溢着按捺不住的欣喜，激动地大声说："我是青州人！"

"如果他的那些老部下看到他们总政文化部老部长此时的模样，孩子一样的激动，孩子一般的开朗，"我不由得想，"他们得说什么？”

孩子们的掌声热切地响了起来。这是真诚又发自内心的掌声。孩子们是不是看过关于刘白羽的介绍，说他是北京人的介绍？不得而知。孩子们却真诚地为这样一位大作家竟然是自己的同乡而高兴，说不定还在心中想：为什么我不能成为刘白羽，既然青州已经出了一位刘白羽？

1992 年金秋，一直号称“北京作家”的七十六岁的刘白羽，第一次当众宣布“我是青州人”，当着一帮青州中学生。

几十年的愿望，像火山奔突的岩浆，终于找到了喷发口。刘白羽是典型的山东大汉，体形如国家队的篮球运动员，脾气如水泊梁山的一百单八将，敢说敢做，耿直倔强。作家们——不管是属于哪一派，或根本不属于任何一派，甚至和刘白羽是不同观点——都知道，《日出》的作者从来不隐瞒自己的观点，从不“犹抱琵琶半遮面”，不会虚与委蛇，更不“顾左右而言他”，一就是一，二就是二。他自己说：“我这是山东人的脾气。”来到青州以后，他说他要写一篇“我是青州人”。大家还在猜测这篇文章会发在什么地方呢，没有想到，倒先“发”在松林书院中学生面前了，而且是刚刚学了《长江三峡》的学生面前。

“难道您从来没有和学您文章的中学生见过面？”我好奇地问。

“从来没有。”刘白羽回答。

“您上学的北京一中呢？”

“也没有。”刘白羽坦率地答，又啼笑皆非地说，他从来就没有收到过一册中学语文书，虽然他的文章已经给连续选了三四十年。“你能不能替我找一本中学课本？”刘白羽好像因为给人增添麻烦而很抱歉地问了我一句。

我大概只好上街去替他买一本了，不过我很乐意，就算是我给三十年前学过的中学课本上的作者还债吧。

几个同行的人给刘白羽算起账来，一年有 200 万本课本选他的作品，再加上大学课本，他的读者是上亿的。议到此，我又好奇地问：“大学教科书给寄吗？”

“从来不寄。”白羽说。

人们笑个不停，说，如果抽版税，白羽应当是百万富翁了，可他连一本样书都见不到！白羽倒不在意，说，他要刻一枚图章：“上亿读者”。

几天后在济南我的家中，刘白羽才第一次看到了高等学校通用教材——《中国当代文学作品选评》，上边也选了《长江三日》。那书印了多少版了？连做编委的我家牛教授都说不清，而被选进去的作者，从来没见过此书！我笑道：“看来我也不必为了这儿那儿的人选了我的作品不吭气而气愤了，有比我更惨的呢。”

白羽在我们家给好几个要字的人写了字。在他终于写完如释重负时，我说：还有一个最重要的人物你没给写呢！谁呢？白羽明白了，是正在学习他的《长江三峡》的我的女儿晓燕。白羽笑吟吟地坐在燕燕的书桌前，给她的笔记本上写上一句“激流勇进”。我开玩笑说，燕燕可以去申请吉尼斯世界纪录了，上亿的中学生读者中，她是头一个得到《长江三日》作者签名的。

白羽说：可能只去这一次，我老了

李存葆说：他的行李很重，一定去接站

电话响了，是存葆打来的。

存葆说一口纯正的山东话，还带着他特有的吐字方法。例如，他说“教授”时，说成是“娇秀”，说“老师”时，说成是“老系”，说“赵忠祥”则成了“赵争祥”。存葆说：“刘老给你和牛老系（师）来了封信。我把信念给你听听。”

刘白羽的信这样写道：

运清、瑞芳同志：

我在威海住一月，工作量很大，也没给你们写信，今天我到烟台了，正在进行后半段的工作。我9月2日去青州，这恐怕是我一生中最后的寻根之行了。请瑞芳同志向青州打个招呼，请地方上安排我住两天，进行寻根探索，也认识一下我的故乡。我长期生长在外，但我灵魂中终有一缕乡情，这是难以割断的。从青州到济南小住，即回北京。

刘白羽

8月2日烟台

我一边听存葆念信一边想：白羽以为我在青州多熟？其实我也比他强不了多少，自从父亲去世，我更加不乐意上他工作那么多年的地方去伤心。我连谁是现任的“县太爷”都不清楚！我还颇有点儿伤感：怎么，就这一次还乡机会？说得多么可怜！倒好像来日无多，真有一点儿非刘白羽风格了。

存葆说："白羽今年来山登(东)，烟台和威海由我负责，青州由你负责。你最好是先去青州安排刘老的行增(踪)，你和桂恒彬联系，你问这个名字怎么写？是桂花的'桂'，恒大烟的'恒'……"

存葆就是忘不了抽烟。如果是他人说桂恒彬的"恒"，早就说是"永恒"的"恒"了。而存葆呢，恒大烟！说完了名字，存葆又再三地说："你们一定得联系好。小桂的电话是……"

我笑道："存葆，你不放心，你可以自己跑到青州去，那就省了我一趟腿了。如果你也要上那儿去认祖归宗，我们也欢迎，尽管脸黑了点儿，没关系，搽一点儿大明星做广告的特白蜜，我们青州也就笑纳了。"

李存葆对我的玩笑也习惯了，佯作没有听见，继续说："他的登(东)西特别多，你一定得安排好接车！"

"你不能给他扛了去？"我又笑道。

存葆说："我上烟台给他送行，然后就上青岛写电影剧本去。"

存葆说到最后，还是不放心，又说："他的登(东)西多，得接站！"

东西多？是同志们送的土特产？无非是海参、鱼翅罢咧。

刘白羽到达的前一天，我到了青州，我多年未联系的老同学、文化局局长李建华接站，然后，市长助理张登第就来了，一起安排对刘白羽的接待。次日，白羽下车，几个人上去接下那几个沉甸甸的大皮箱，果然重极了。我想提一个大皮箱，却几乎拿不动。我笑道："什么宝贝？这么重！"

跟刘白羽一起来的中央戏剧学院哲学讲师李守钰说："全是

刘老的稿子，那个箱子里是他的原稿，这个箱子里是我帮他又整理的。”

我笑了,觉得很好玩,说:“这么重,为什么不干脆寄回北京?”

李老师说：“他不放心。”

“用特快专递！”

“也不放心。”

行啊，还是自己扛着放心，从威海背到青州，再从青州背到济南，从济南背到北京！

白羽说：“这是这两个月的成果。这部书(《心灵的历程》)写了五年，原来在北京就改好了十几万字，这次在烟台和威海把它全修改完了。”

天哪，这就是这位七十六岁老人的暑期休息?

“怎么改?”我好奇地问。

李老师说：“白羽把他的稿子用录音机录下来，我再用录音机抄清，他再定稿。”

我在心里算了一笔账，七十万字，两个月，一天一万多字，没有间断，简直是拼命!

“我们完全是手工业作坊！”白羽说。

“您还是拜我为师，学电脑写作吧。”我大言不惭地说，“就在屏幕上写，可以改，不用一遍遍地抄。”

“我到你那儿看看，不过我肯定是学不会了。”白羽叹道。

“您一定要学，您这么一部书，用一张软盘就带走了！”我热心地说。

等到了宾馆，我把白羽始终不离手的密码箱接过来，想起了存葆说的“让他自己交钱”的话，就笑道：“我知道这里边有什么宝贝。”

“什么宝贝？”白羽惊讶地问。

“人民币！”

白羽打开箱子，录音机！老天，我可真服气了，这么大老远，带一架这么笨重的录音机！

沟岗鱼？狗干鱼？勾干鱼？

“我的家原来住在离青州十八里的李天坞。‘李天坞’是音，到底是什么地方，还得请你们帮助查清。我祖父在一百多年前的灾荒年，用独轮车推了我的祖母和大姑外出逃荒，在北京通县落户，开了一家羊肉铺。我小时候家乡还常常给送青州特产……”刘白羽对青州的接待者说。

青州史志办公室的同志早就查过了，青州现在没有叫“李天坞”的村。但是刘白羽说得确凿有据，而且这个村离城只有十八里，距青州最近的临朐也有三十里，临淄就更远了。这“李天坞”怎么也出不了青州地界。大家说，只要白羽提供出详细的材料，他老家那个村，也许不是他说的那个名，但一定能找到！

市长助理张登第代表出国的市长和外出开会的书记给刘白羽接风。宴席上自然少不了山珍海味如青州山蝎，却也摆上了一碟不起眼的小咸鱼，长约三厘米，有拇指粗细，炸得酥酥的，颜色深黄深黄的，放在对虾、烤鸭的旁边，真有点儿不协调。我心想，我们青州人真是实在，这么低档次的小咸鱼，旧时青州推车卖浆者所用，怎么也上了大席面？

白羽一见，却笑逐颜开，连吃了几口说：“对，我小时候家乡送的东西，就有这种小鱼！好吃极了。”

一听此话，我好奇地狠狠地咬了一大口，谁知，咸得难以想象，咋舌不已，便用青州土话说：“打死卖盐的了？”

白羽笑道：“这鱼，得少咬一点儿，细细地嚼，最好再就一点儿稀饭，那才好吃！”

他倒蛮在行！

“这叫什么鱼？”白羽问。

“gōu—gāng 鱼！”好几个人同时说。

“哪两个字？”

李建华说：“是沟渠的‘沟’，山岗的‘岗’。”

“不对。是满地乱跑的狗，干燥的‘干’。”有人反驳。

“是……”“是……”“是……”

大家辩论起来，谁也说不服谁。最后刘白羽说：“我看是没有金字旁的勾，干燥的干，意思是勾着腰的小干鱼。”

大家便不争论，几天后在我家中，正在写《刘白羽传》的“家长”牛教授又提出个说法，叫干勾鱼，并说在他的家乡淄博，老百姓最爱吃这种小鱼。

当时听到刘白羽的“勾干鱼”说法，宴席上的人都笑了起来，说，白羽还乡认祖归宗，还没找到家门呢，先找到了小时候吃的鱼！我笑道：“这可成了《红楼梦》贾母说宝玉要吃小荷叶汤，口味倒也不高，只是太磨牙了点儿！”

跟刘白羽在一个桌上吃了几天饭后，李建华说，刘白羽这位在北京长大的，比我们这土生土长的青州人在饮食上还更像是青州人，吃大蒜瓣，口味重，爱喝羊肉汤，大饼卷大葱，全褂儿！我想这才叫江山易改，本性难移。

刘白羽在青州期间，青州人一直在找他那个“李天坞”，又一直没有找到，后来按刘白羽提供的线索——他父亲名字的排行法——找到了离城十八里的小刘庄，因为尚无确切的证据，还不能马上定下来。刘白羽说，等到确定了家乡的村，他一定请他的二哥——新疆维吾尔自治区文联原主席刘肖芜，还有白羽自己两个在国外的儿女，一块儿还乡。

而这一次，刘白羽带回北京的最能说明故乡特点的东西，就是一包小咸鱼。那种小鱼，照当地老百姓的说法，是“发了包”，也就是说稍有点儿变质了，然而白羽很满意地带了回去。

“比想象中好一万倍”

刘白羽在青州常说的一句话是：“我的家乡真好，比想象中好一万倍！”

每听此言，我就情不自禁地想，在他原来的想象中，青州是个什么样子？破破烂烂，穷不唧唧，土里吧唧？或者更糟，一点儿没有文化？

不过说实在的，连我这个在青州土生土长的人，不过刚刚几年没来，也觉得青州确实是愈来愈美了。

白羽一下火车，像我头天一样，先对火车站的卧牛城徽产生了兴趣。那是一个铸造并不精美的铁铸。一只铁牛向南而卧，角儿弯弯，充满阳刚之气。李建华说：“这是根据青州地形制造的，青州不是像个趴着的牛？”

“可是牛角的方向不对，是不是？”我说。

李建华说：“你说得对。方向恰好反着。这是为了让一下车的人就能看清牛头，实际上牛的方向应该是头朝北。”

刘白羽应接待者之请乘车看市容，在一个僻静小巷，看到卖豆腐的，李建华说：“咱们青州卖豆腐的人和别处不一样。咱这儿卖豆腐不敲梆子。”

“可他手里拿了梆子。”我故意说。

“在城外他敲，进了城，就再也不敲了。”李建华说，“几百年都是这个样儿，没有人破例。”

“为什么？”刘白羽好奇地问。

“怕惊醒了卧牛！”李建华说。

我觉得这个不敲梆子的传说比起那个车站的铁铸还好玩儿，更加有人情味儿。青州人很富于想象力。

青州市的市长助理张登第显然不是文人，但他对家乡的感情使他的安排很富于诗人特点。白羽下车的当天下午，本来不可能安排什么参观活动，老张灵机一动，说：“干脆，看市容！”于是，汽车便在青州小小的地面上开动。先走上了范公亭路，这是一条非常美丽的路。两边的建筑不管是政府机关还是企业，其房屋一律古色古香，一色的黄琉璃瓦，金碧辉煌，好像处处是博物馆，座座是古玩店。白羽不禁连声说好。老张介绍说：“怎(青州土话对“咱”的读音)这里，要求建筑一定要外古内今！”

“这个思路好！”白羽忙说。

“怎(咱)这里有宋代的石桥，万年桥！”老张说。

其实宋代的桥是木桥，经过几个朝代的复修，才成了现在的

仿古建筑，都掩映在绿树之中。目光所及之处，有一所十足穆斯林风格的饭店，楼房的主体是绿色和白色相间，而其顶端有穆斯林特有的月牙形标志。与它隔街相望的是一座正在建设的红色圆顶楼。两座楼单独看已经足够好看，它们却又相互衬托，形成美妙的对比。在这个红色圆顶楼对面，一个荷花仙女立在桥头，手上托着含苞欲放的荷花，我觉得这个雕塑也许并不太精美，可是很有情调，很富有乡土气息，好像她并不是什么仙女，而是在采荷花的农家少女。在河的对面，则是一色的平房，而且是乡村的平房，都是青色的房顶，同样掩映在各种各样的绿树之下。这些平房的尽头，蓦然出现了一片现代化的建筑，是新建的儿童乐园。与它相邻的就是有着荷花样街灯的大马路。于是便给人这样一个印象：她是古朴的，又是清新的，亦古亦洋，古洋结合。

当大家陪白羽在青州访古察今时，白羽就说，这个地方比意大利哪儿哪儿好，这个地方比日本哪儿哪儿好……这条街的花又换了样儿了，什么？这是樱花？樱花给培育成了这个造型？我都认不出了。

白羽对故乡的评价在逐步升级，到了李刚市长给他送行时，他真诚地说：“我的家乡真好！不仅是名胜古迹有特点，在世界上也是不多见的，一定要保持这个特点。那天在城里边转，我看到小胡同里边的人家全是干干净净，真好！”又成了世界少见了。游子的故乡情思在一步步升温。

李刚自豪地说：“我们要突出一个‘古’字，保持一个‘青’字！”

这句话成了青州人的口头禅了。

多么好的口头禅！而且是脚踏实地使用着的，兢兢业业保持着的！

1992 年 9 月

附记：

在青州时，刘老说要写篇“我是青州人”，后来看到我写的《白羽还乡》就说：“瑞芳已经替我把要说的话都说了。我不写了，把这篇文章收到我的文集里吧。”于是，上中学时读刘白羽作品的晚辈居然有幸将文章侧身《刘白羽文集》。

2013 年

话说范公亭

新桃换旧符。友人知我家祖居青州城关，赠青州名胜挂历。送到老爹家中挂起，家人围观，一页一页翻过去，神游故乡：驼山，云门山，啊，范公亭！

这是张放大的彩色照片，一亭翼然，六角飞檐。实实在在是范公亭。

静观良久，有人长吁一口气：“怎么不是我印象中的范公亭？”

“那么，你对范公亭印象最深的是什么？”我好奇地问。

兄弟姐妹吵吵嚷嚷，各抒己见。

一个说：不像这样呆板，范公亭生机勃勃，屹立亭侧的唐楸宋槐高入云端，千年古树仍然浓荫覆地。游范公亭，最应该漫游静思，细细玩味。坐在亭中，透过楸叶、槐叶，看漏泄下的日光，听俊鸟的啼鸣，那才乐而忘返。

一个说：湖光宜配山色，亭台宜连水榭。范公亭不仅亭子古雅大方，更可贵的是，亭祠园林浑然一体。百步之外，有顺河楼互相辉映，清流自幽谷逸出，漂绿见底，萦绕楼阁。楼旁那棵两人才能环抱的柳树，垂丝斜伸河面，缕缕柔条临风拂水。河中白鹅群嬉，岸边核桃树绿油油的，山楂林红艳艳的，草丰竹翠，花香为风，躺在顺河楼下的青草地上，看花落翩翩，听河水潺潺，心旷神怡，胜入蓬莱仙境。

……

“今天老爹倒成了徐庶进曹营——一言不发！”大家议论够了，去看眨着长睫毛想事的老爹，撺掇他也说一说，“您是范仲淹九百年后‘同僚’，当过青州‘县太爷’，修过范公亭，游过无数次。您也说说，印象最深的是什么？”

老爹慢悠悠说：“人老了，故园山水，常在念中，做梦都梦到。六十年前，在距离范公亭几里路的松林书院读书，常到范公亭，坐在亭子栏杆上背诵《岳阳楼记》。好事的同学还译成英文。三十年前，当益都县主管文教的副县长，收集石碑，整饰亭阁，扩建园林。范公亭去了无数次，印象最深的却是陪杨得志司令员看范公亭。”

兄弟姐妹高兴起来，接替彭德怀担任中国人民志愿军司令员的杨得志上将？一个“当兵的”游古迹能游出什么新闻？

父亲接着说：“那次，杨司令员是不是刚从朝鲜战场回来？不该问的事，我从来不问。只听随员说，司令员累极了，要在青州名胜中稍稍休息一下。我就把司令员带到范公亭。杨得志在唐楸宋槐下踱了一圈，看到范公井边一堆砸碎的石碑，弯下身躯仔细看了一会儿，回头对我说：‘老马同志，这事很不好！这是冯玉祥留下的碑啊。日本鬼子恨他，砸了碑。咱们应该把它重新立起来！你们用洋灰把断裂的地方粘起来嘛！’”

我的兴致高了起来，杨司令员讲了对冯公碑的看法，然后会有对寓意深刻的后乐亭的感慨，会有对一代词女住过的顺河楼的议论啦。

父亲接着说："杨司令员刚说完冯公碑的话，一辆吉普车飞驶而来，在范公亭外停住。军区秘书给司令员送来军委电话通知。"

"我想，大约没有什么紧急军情了。因为美国佬已经在板门店坐下谈判。不过，看情况，杨司令在青州休息不了几天了。"父亲回忆道，"没想到，司令员看完电话记录，立刻同我握手，说：'老马同志，咱们济南见！'说完，跨进吉普，车像风一样地开走了。"

"哟，你们竟没在范公亭细细看，静静玩，非但是蜻蜓点水，简直是半途而废啦。"我困惑地问老爹，"您印象最深的，就是这么一次'半截游'？"

父亲点头："正是因为只游了半截儿。"

大家面面相觑，似有所悟。

那或许因为戎马倥偬的名将在走马观花时留下修复冯玉祥碑的指示？

那或许这样一次"半截儿游"，令父亲这位新中国成立前的祖传世医、新中国的回族县长三十年后记忆犹新，是因为封建时代政治家的最高道德——"先天下之忧而忧，后天下之乐而乐"——不过是新中国成立之初布尔什维克对自己的起码要求？

1982 年 2 月

附记：

这篇三十多年前写的短文发在《人民日报》，现在回过头看，有点儿"左"。不过，新中国初创时期，国家一穷二白，连水泥都给叫“洋灰”，那些公而忘私的老共产党员，确实值得尊敬！其实杨司令跟我父亲告别时说的话，无意中“泄露”了一个军事机密，“老马同志，咱们济南见”，杨司令员其实是接到中央军委将他调任济南军区司令员的命令，急如星火上任去也。

2016 年 9 月

李清照隐居青州

古九州之一的青州，柳树满城，全城皆绿。云门山、驼山、玲珑山三山联翠，障城如画；南阳河、北阳河穿城而过，绿水泛波。北宋有三位名臣范仲淹、富弼、欧阳修任青州父母官并受黎民拥戴，后人建亭、祠纪念。城西阳溪边，唐代的楸树枝繁叶茂，芭蕉长得成年杨树般高，古木蓊郁，绿草如毡，有甘泉涌出，范仲淹亲自指挥在泉上盖亭子保护甘泉。青州人盖“范公亭”纪念他，亭后有祭富弼、范仲淹、欧阳修的“三贤祠”。赵明诚、李清照隐居处就在离范公亭百米处的顺河楼上，楼下是阳溪流水，一株两搂粗柳树从楼旁斜向水面……

李清照将青州住处起名“归来堂”，取意于陶渊明《归去来兮辞》。

李清照在青州自号“易安居士”，表白东篱黄花式生活态度：“审容膝之易安”。

隐居青州的李清照发疯一样读书。赵明诚有洁癖，李清照要读家藏的书，每次都必须向他要钥匙，还得登记是甲乙丙丁……哪个书库、哪个书架、哪卷、哪册，一丝不苟到不通情理。李清照手不释卷，吃饭手中有书，喝茶手中有书，吃水果手中还是有书，甚至如厕也手上有书！书页偶然不小心溅上些许墨点、果汁、茶渍之类，有什么了不起？偏偏每次都惹恼赵明诚，立时三刻要求李清照擦个干干净净！每次读书都如此烦琐，李清照很不耐烦，她对明诚说：“今后我饭桌上不要大鱼大肉，头上不添金珠玉翠，身上不要华服锦缎，床上不要杭丝苏绣，用省下的钱买书。家里已有的书，市面上再看到，只要没磨损掉字儿，我就买回来做副本。我看副本，你存珍本，各得其所。”从此，他们家的藏书常备两套，《周易》《左传》在当时藏书家中文字最精到，最全。

李清照博闻强记，每次吃过饭，坐在归来堂中准备喝茶时，她就指着堆积在书桌上的历史文学书，对赵明诚说：某某事记载在某某书第几卷第几页第几行。赵明诚不相信妻子有如此记性，笑道：未必吧？李清照娇嗔道：你不相信？如果我说对了，我先喝茶！赵明诚漫应之。检点书籍，李清照说得丝毫不差！李清照举起茶杯说：我可真的先喝了！她得意得笑不可遏，杯中之茶却倒在怀里，反而喝它不成！

按青州民俗，喝茶次序极有讲究，第一盅茶给谁，是判断一个家庭是否长幼有序的标志之一。有客人在时，第一碗茶要奉于客人。家中人喝茶，第一杯茶必须奉于家中地位最高者。归来堂中沏茶，当然该一家之主赵明诚喝第一杯。李清照调皮地提出，以对书的熟悉程度打赌，谁赢了谁喝第一杯。她果然赢了，按打赌规定，她应该也可以喝第一杯。但一个有文化、有教养的妻子怎能在丈夫跟前喝第一杯茶呢？于是李清照边哈哈大笑边将茶倾到怀里……《金石录后序》关于喝茶的记载，细微之处见精神，活画出贤惠、聪慧、善解人意、娇嗔可人的妻子形象。

青州李清照归来堂，还是我老爹做益都县主管文教的副县长时主持修建的哩。

2000 年 8 月

故乡的柳丝

丰子恺形容杨柳，“好像挂着几万串嫩绿的珠子，在温暖的春风中飘来飘去，飘出许多弯度微微的S线来”。

在我印象中，故乡青州春天最美的景致就是满城无数串嫩绿S。

满眼皆绿，满城皆绿，怪不得古老九州中，只有我的故乡叫个“青州”。

有棵柳树最令人怀念，那是棵双人才能环抱、枝叶繁茂的柳，长在顺河楼边、斜向河心的柳，几万串嫩绿S在清清澄澄、碧碧绿绿的河面上飘荡的柳。

当年我们这些高中生喜欢坐在大柳树边过团日。每个人都以抢先坐到柳树树干上为荣，还常常争论得面红耳赤：李清照当年坐没坐过我们坐的这棵柳？

一个说：她肯定没坐过！那时的妇女只能帘儿底下听人笑话，岂能上树爬墙？

更多的同学却说：她肯定坐过！一代才女“终日凝眸”看的“楼前流水”（《凤凰台上忆吹箫》），不正是咱们脚下悄悄流淌着的同一条河水？

逝者如斯夫，1107年李清照随丈夫赵明诚回青州，隐居顺河楼，一住十年。《漱玉词》里有多少清词丽句是在青州写的？这成为宋词研究家大展才思的重要话题。李清照成为女作家而且不只女作家难以逾越的一座艺术高峰。

有次在呼伦贝尔草原参加中国作家笔会，白族诗人晓雪故意拿我开涮说：马瑞芳的成就已经超越了在她故乡住过多年的易安居士！

“一点儿不错。我跟李清照有一点完全相同——我们的父亲都做过青州‘父母官’。而我呢，确实在两个方面绝对超过李清照。”我用调侃口气对惊讶不已的马烽等说，“比如说，对马列主义理论的了解，还有对蒲松龄的研究。”朋友们大乐。

离李清照隐居的顺河楼百步之遥的范公亭，有两棵更加古老的树：唐楸和宋槐。唐宗宋祖已经成为尘埋的历史，两棵树却仍然郁郁葱葱，甚至于树干中空，长在树皮上的树叶依然绿油油。那当然因为这儿的风水太好了！

范公亭是范仲淹所建，亭后三贤祠是明代人所建，祭的是范仲淹、欧阳修、富弼。这三位北宋名臣都做过青州知州。十几年前我给中央电视台写专题片《蒲松龄和〈聊斋志异〉》，为拍蒲松龄晚年的经历曾去青州，录像师在后乐亭拍摄了许多镜头，而且说“后乐亭”最含义隽永。说得真对！范仲淹的《岳阳楼记》当然不是在青州写的，也不是为青州写的，但是，为他建后乐亭的却偏偏是我们青州人！我们这些中学生过团日时，“先天下之忧而忧，后天下之乐而乐”常常成为讨论内容。这难道不正说明“后乐”境界是纯朴青州人的情怀？

范公亭周围五彩斑斓：白的是嬉水的鹅，红的是山楂和秋叶，黄的是柿子和芭蕉，还有满坡皆绿的核桃、白桦和杨柳。在这样的地方待久了，总觉得自己就是大自然的一部分，生机勃勃、不可分割的一部分。

当年我们这些高中生勤工俭学时，常到云门山上挖鱼鳞坑。鱼鳞坑到底是谁命名的？不得而知，它实在太形象了：在一座秃山上挖出一个一个直径为两米的坑，一个个同样大小、同样距离的坑，远远看去，跟鱼身上有规律排列的鳞像极了！

从我们挖坑的地方可以清楚地看到云门山上的大“寿”字。中国最有名的大字是“南佛北寿”。南佛是大书法家王羲之写的，北寿却不过是恒王府一个幕宾所写。我们挖鱼鳞坑休息时常常爬到山顶，跟“寿”字上的“寸”字比一比，没有任何一个人能达到这个“寸”的顶部。于是，“人无寸高”成为青州特有的典故：不管你是多么了不起的人，甚至于建立了不朽功勋的人，对于古老文明的故乡来说，你都不过是沧海一粟，正如不管什么人都比云门山大“寿”上的“寸”矮，即使是穆铁柱。1982 年“亚洲第一中锋”被好事者邀到山顶比过了：不多不少，他比“寸”字矮 0.2 厘米！

当年的勤工俭学让现在的人没法想象：占用高中生那么宝贵的时间，只为挖几个坑！但那是“教育为无产阶级服务，教育与生产劳动相结合”的教育方针的要求。

现在，挖鱼鳞坑成了中学生活温馨的回忆。

鱼鳞坑栽上苹果树、桃树，秃山就变成了花果山。几十年后，一位同学做了云门山林场的场长，把云门山结下的蜜桃装满一箱一箱，销到世界各地。

星散全国各地的同学自个儿掏钱买自己种的桃。

我的中学时代是在故乡度过的。我们这座大禹治水时就有的古城到底有多少珍宝，真是说也说不清，举也举不尽。它们古得出类拔萃，古得丰富多彩，成为中学生就地取材、生动形象的历史教材。

青州人把驼山的佛像叫“超国宝”。云冈石窟的佛像是国宝，青州的倒成了“超国宝”？青州人说正是正是！咱们跟云冈石窟有价值相似的佛像，但我们这儿不仅佛道并存，还因为地质构造是水成岩，寿命会更长。

青州地下更有说不清的宝物。经郭沫若鉴定，青州出土的苏埠屯墓墓主是三千五百年前的青州侯。整个墓东西长十米，墓道深二十五米，无一砖一瓦，都是夯土。有四十八个奴隶殉葬，棺材下有一人跪着，以首顶棺，这是最隆重的葬法：顶棺葬。棺旁还有一个女奴抱子殉葬。墓内有马车、马夫，故此墓又叫“车马坑”。这车马坑，全国只此一家，别无分店。

青州博物馆更是藏龙卧虎，有殷周时期的玉器、铜鼎，有全国独一无二的状元卷，还有个很不显眼的石人立在院子里栉风沐雨。有一天，日本著名考古学家连田茂雄来了，站在石人下激动不已地说：“太妙啦，太难得啦！这是北魏时期的兴安造像，这种单人雕像价值最高，中国只有五个，当然全世界也只有这五个，其他四个早就珍藏密收，我也都见过了，跑遍中国找第五个，没想到它站在这么个不设防的院子里！”

青州人笑了，说：“你说的就是我们的‘放牛小厮’啊。”

原来，这石人是群众偶然从城外一个土堆扒出来的，它所在的那片草地，世世代代有人放牛，当地人遂把它叫“放牛小厮”。

好像是 1986 年，我陪诗人柯岩看博物馆，馆长指着展出的蛟龙形铜灯说：“这是个长明灯，在埋葬填土时点上，灯里的油和墓中的氧气，恰好能维持六个时辰。”

柯岩叹道：“古代劳动人民的智慧真叫人叹为观止。”

馆长又说：“我们馆有个隋代唐三彩，美国记者比尔·马利看了后说，谁把它带出去，他出三万美金。”

柯岩斥道：“三万美金？太小看我们的文物啦。”

“不过一个美国副教授一年的薪水。”我笑道，“倒不如我们从他那儿买一个配成对儿。可是，美国佬有吗？”众人大乐。

柯岩在博物馆转一圈，竟然犯起愁来。她是广东人，因为贺敬之的缘故，即使算她是山东媳妇，也归枣庄，与青州无涉。可她真诚地替青州博物馆的宝物担忧：“不怕贼偷，就怕贼惦记。防盗措施跟上了吗？”后来看了范公亭新建的博物馆，她才如释重负。

年年有日本的书道团到青州的山里去，看那里的魏碑。有一块齐碑则存在博物馆，上边画着丝绸之路的故事，中国人高高在上，神采飞扬；波斯人匍匐在地，如敬神明。画家黄胄说这是中国最早的线条画，应该让学画的人都来看看。我觉得更应该让那些骨质有些疏松的中国人来看看青州人保存的齐碑，看看当年中国人意气扬扬的形象。它说明：中国的开放虽然比较早，中国人的骨头却历来比较硬，向外国人低三下四并不是中国国粹。

这块齐碑本来放在文昌乡小学。“文革”风起，文物被“革命”，齐碑眼看要遭受砸碎厄运。有位小学教师用黄泥、白灰拌成泥浆，涂在齐碑上，再写上毛主席语录。“十年浩劫”，齐碑竟完好无损地保存下来。

青州人杰地灵，老百姓的语言格外灵活飞动。比如，青州人讽刺爱吃的人常用一句谐音说“裁缝掉了剪子——只剩下吃（尺）了”。

其实，回忆少年时代最美好的，恰好是只有故乡才有的好吃的。

青州是个多么惬意的四季皆宜的饕餮者的天堂！

一串串嫩绿的S在风中飘着飘着，麦黄杏就给催熟了，连核都是甜的。接着就是西瓜，其甜美更非语言能够形容，只有亲自吃，才知道只有青州水土能长出这样的沙瓤瓜。不过跟弥河的银瓜和云门山的蜜桃相比，令人涎水直流的西瓜远不能算青州特产。银瓜下市就吃蜜桃，小小的桃儿其貌不扬，绿绿的，好像不熟，却脆甜清香，回味无穷。秋桃可以一直放到冬天。那时已有“锅地瓜”可以大啖特啖。红瓤的，极甜美，煮在锅里，咕嘟咕嘟，直到汤几乎熬干，地瓜下边已经形成一层将煳未煳的黄斓斓表层时，才算煮成了。一般家庭主妇都掌握不到这个火候，所以冬天卖“锅地瓜”者生意出奇地好。哪一家没有几个见了“锅地瓜”就拖不动腿的学生呢？

我家兄妹七人有五个在青州一中上过高中。升学率极高而管理极严的母校近年得了个“青州第一集中营”的称号。这个“集中营”青松满院，从宋代就叫个“松林书院”。民国时叫“山东第十中学”，是父亲当年读书的地方。1955年，父亲做了故乡的县长，母校成了他的下属单位。作为分管文教的副县长，父亲主持过修复元代所建的清真寺、组建博物馆、修复范公亭和顺河楼这类工作。他有项常规工作是每年在柳丝飘拂时组织举办全县运动会，此时，我们青州一中总会大显身手，永远总分第一。县运动会的奖无非是茶缸、毛巾之类，常常由父亲颁发。有一次，一位街坊大娘去看运动会，看着看着，忽然惊讶地喊道："马县长这么公道的一个人，怎么也'自己的耙子上柴火'，把毛巾、茶缸都发给他家的马爱了？"

众人大乐，告诉老太太：这奖，就是得发给他们家马爱啊，她一百米跑、二百米跑、跳高、跳远都是第一呢。

"马爱"是大姐的乳名，从名字上就可以看出，父母是怎样钟爱在三个儿子之间出生的第一个娇女。

父母年老，儿女聚会时常常剖析他们是不是偏心眼儿，多疼了哪个儿女。分析结果今天一个样，明天一个样，总有人榜上有名。有一天，我说："你们就是偏心你那大妮，从起名字就看得出来。"

母亲笑道："吃了泰山不谢土的死科子，你是扶着墙根长大的？"

"吃了泰山不谢土"对受大恩而不言谢的挖苦多贴切！世上又有哪个能不受父母呵护却"扶着墙根长大"？母亲的语言何等准确、何等幽默！作为一个学文学的人，故乡的山山水水我深受濡染，让我受惠更深的则是家乡生动形象的语言。第一位教师就是念过私塾、被孩子们叫"加里敦（家里蹲）大学校长"的母亲。我教中国小说史使用过许多古今中外的小说概念，我从没用到课堂上，内心却认为最生动的概念是母亲说的：小说是"吃荆条屙篮子——肚子里编"！

1999 年 9 月

蒲松龄故居漫笔

相声大师侯宝林曾谐称淄博是世界第一大城市，缘于淄博市内有六个火车站。从张店火车站出站门，先看到一座面目清癯的古代人物雕像，那就是17世纪小说家蒲松龄。跟火车站相连的市中心路叫“柳泉路”。“柳泉居士”是蒲松龄的号，“居士”意味着作家的信仰，跟蒲松龄出生时胸前那块病和尚转世的胎记有关。沿柳泉路进入淄川区，先看到一个清波荡漾的人工湖，叫“留仙湖”。“留仙”是蒲松龄的字，表露着作家希望脱离恶浊尘世进入理想世界的审美趋向。从留仙湖拐入通往蒲家庄的“松龄路”，小说家的名字再次成为都市的主要街道。

古代文学作品变为现实经济生活的存在，是引人注目的文化现象，无锡的三国城和水浒城、遍布全国的西游记宫、北京和上海的大观园是典型例证。相比于几部长篇小说作者，短篇小说家蒲松龄的影响似乎更广泛一些：《聊斋志异》不仅是世界名著，且雅俗共赏、妇孺皆知。全国各剧种都演过聊斋戏，仅川剧就有聊斋戏六十余种。梅兰芳大师就曾演过“牢狱鸳鸯”（《胭脂》）。大陆和港台多次拍摄聊斋电视剧，刻制、绘制聊斋故事更是淄博陶瓷琉璃行业的拳头产品……

蒲松龄被称“世界短篇小说之王”基于一个简单事实：19 世纪末 20 世纪初的世界文坛，是短篇小说云蒸霞蔚的时期。契诃夫为首的俄国，莫泊桑领衔的法国，纳撒尼尔·霍桑、马克·吐温、欧·亨利为代表的美国，形成世界短篇小说创作高峰。中国古代短篇小说不仅不比欧美差，而且繁荣得早。当以上几位欧美短篇小说家开始文学活动时，《聊斋志异》已在中国风行二百年，且由英国传教士卫三畏译成英文。

蒲松龄出生在淄川一个普普通通的小村庄，住在一座普普通通的茅草房，做了一辈子普普通通的私塾先生。和他生前白首穷经、贫寒寥落相映成趣的是，有越来越多的人从四面八方络绎不绝赶来看穷秀才的故居。

参观蒲松龄故居最好趁秋高气爽时。故居门前数株古槐枝繁叶茂，蓊蓊郁郁，似乎要把周围空气染绿。这古槐大概看到过素丝垂领的蒲松龄被儿子们扶上马回任教的王村，蒲氏兄弟因年近古稀的老父仍奔波养家而深感惭愧。

进入月洞门，迎面数茎太湖石潇洒而立，这具备瘦、透、漏、皱特点的太湖石并非寒士蒲松龄原有。甬道旁一排排、一株株名菊争妍斗丽，其中短干粉朵者似乎飘着《黄英》漏泄的酒香。月洞门旁有个绿藤缠绕、绿叶纷披的瓜架，上边几十枚南瓜个头儿一般大，圆圆整整，端端正正，红红艳艳，熟得透了，熟得实在，真极了反像是假的。南瓜上“聊斋”“柳泉”字样，是蒲松龄纪念馆馆长鲁童在坐果时镌刻的，长得天衣无缝，倒像固有的。有后墙绿屏为陪衬，平添“万绿丛中一点红”的韵味。置此南瓜一架，或许是为了诠释王士祯那首有名的诗：

姑妄言之姑听之，豆棚瓜架雨如丝。

料应厌作人间语，爱听秋坟鬼唱诗。

当年蒲松龄跟王士祯的身份绝无可比性，王士祯曾任国子监祭酒、刑部尚书，蒲松龄只是个秀才。王士祯是大名鼎鼎的诗人，蒲松龄对他恭敬有加，“窃附门墙”，恳求王士祯给《聊斋志异》写序：“古人文字多以游扬而传。”王回答：“固愿附不朽，然向来颇以文字轻诺，府怨取诟，亦自取之，遂欲焚笔砚矣。或破例一为之，未可知耳。”最终却没写。翰林院侍讲学士给穷秀才谈鬼说狐的书写序？谈何容易！王士祯可能自己也想不到，他写了那么多诗，流传最广的竟是这首《戏题蒲生〈聊斋志异〉卷后》！

居高临下的大司寇、大诗人附小说家骥尾不朽，历史真喜欢跟人开玩笑啊！

关于“聊斋”，有三件约定俗成却大谬不然之事：其一，认为“聊斋”即“聊天之斋”。蒲松龄以《聊斋志异》为书名，这“聊”固然有“聊复尔尔”之意，但主要取意《离骚》“聊逍遥以相羊”和《归去来兮辞》“聊乘化以归尽”，表达生平不得志、以鬼狐史抒垒块愁的心意。跟李贺不得志“二十心已朽”地谈鬼，跟苏东坡贬黄州姑且言鬼类似。其二，聊斋是蒲松龄的出生地。蒲松龄《降辰哭母》言：“尔年于此日，诞汝在北房。抱儿洗榻上，月斜过南厢。”这“北房”指蒲家老宅，并非后来蒲松龄长期生活的地方，更非现在之聊斋。其三，“聊斋”就是蒲松龄唯一的书斋。“聊斋”匾是建蒲松龄故居时挂的。蒲松龄分家时得三间农场老屋，他将自己的小书斋命名为“面壁斋”。苦撑苦熬几十年，盖起新房，他又命名“绿屏斋”，组诗《荒园小构落成，有丛柏当门，颜曰“绿屏斋”》有明确记载。蒲松龄晚年的诗确实写过“聊斋有屋仅容膝”，但这句话中的“聊斋”该是他晚年的斋名。蒲松龄中年时的书斋是“日出当门松似壁，庭开方丈屋如拳”的绿屏斋。聊斋土坯为墙，茅草覆顶，周围种满柏树和竹子，“丛柏覆阴昼冥冥，六月森寒类窟室”。

参观者进入故居第二个月洞门后，“聊斋”赫然在目。门前左右各有一株石榴树，挺拔而匀称，树叶将落未落，特意留在树上的石榴咧着嘴儿，似笑迎嘉宾。“聊斋”屋内砖铺地，竹为棚，古色古香。迎门高悬路大荒书“聊斋”匾，匾下是清代画家朱湘麟画的蒲松龄像，两侧是郭沫若写的对联：

写鬼写妖高人一等

刺贪刺虐入骨三分

对联两侧是蒲松龄手稿照片。南窗下有张粗糙而陈旧的两抽桌，据说当年蒲松龄在上边写作，他用过的砚台和铜手炉也曾在上边展出。

《聊斋志异》就是写于“聊斋”（或“绿屏斋”）也不准确。蒲松龄自二十几岁开始，岁岁游学，屡设帐于缙绅之家，在家中安住的时间不多。现在故居四十里外王村西铺有座“蒲松龄书馆”，是个三进院落的高门大户。蒲松龄在毕家三十年，比在故居住的时间长得多。说来好笑，所谓“蒲松龄书馆”其实是蒲松龄寄人篱下三十年的所在，也是蒲松龄中年后继续写作《聊斋志异》的地方。蒲松龄的东家毕际有刺史，其祖父毕自严是明代尚书，人称“白阳尚书”。毕家号称“三世一品，四士同朝”，良田百顷，甲第如云。雕梁画栋的“振衣阁”是尚书晾官服的地方。毕际有的《石隐园记》曾写道：“（振衣阁前）大夫松二，左者亭亭直上，右者伛偻如揖。”这“右者”就是现在还能看到的蝴蝶松。当年它浓荫覆地，松香四溢，蛇影离披，像绿蝶展翅。现在已成锈斑满布的枯干。振衣阁南是“万卷楼”，状元王寿朋曾题联曰：“万卷藏书宜子弟，十年种树起风云。”当年万卷楼丰富的藏书对蒲松龄创作盖世奇作有举足轻重的影响，《聊斋志异》用典极多，取意前人之作极夥，所依丰富典籍恐怕不是秀才家能自备的。“石隐园”更是蒲松龄经常驻足之处。这是座极讲究的私家园林，枕山造池，沿池立亭，翠竹千竿，芍药满径。“石隐园中石色斑，白云镇日锁花关。疏栏傍水群峰绕，芳草回廊小径弯。”蒲松龄住石隐园时，因家庭教师不能出入内宅，吃饭时必须从毕家院外绕到绰然堂，“两餐往还足二里，归去汗浃如流水”。

在毕家，蒲松龄最常待的地方是绰然堂，是他教学生的地方。蒲松龄的《绰然堂会食赋》妙趣横生地描写跟弟子一起吃饭的情景：每到吃饭时，弟子“出两行而似雁，足乱动而成雷”，夺座位，抢有利位置，“似群牛之骤奔，拟万鹤之争唳”。等坐好了，又眼巴巴地盯着有什么好吃的，叽叽喳喳。饭一端上，便乱抢一气，“袖拂簋兮沾热渖，身远探兮如堵墙”。一双双筷子白晃晃刺眼，一条条胳膊密麻麻地遮眶，“脱一瞬兮他顾，旋回首兮净光”。赤手抓肉，骨头乱扔，饼破汤流，淋漓沾裳。抢到好的，吃得“连口直吞，双睛斜瞪，脍如拳而下咽，噎类鹅而伸颈”；抢不到，就“颜暴变而声伧”。稍好点儿的食物都会吃得“嘴嘭嘭而难合”，“至拄颡而撑肠”，始哄然而一散……似乎蒲松龄教的不是贵官儿孙，倒像是饿死鬼托生的一群！这种“日日常为鸡鹜争”的情形，可笑亦复可喜，时间长了，蒲松龄竟“误将子弟当儿孙”。

“聊斋”中的文物主要来自绰然堂：一块海岳石，也叫灵璧石，据说宋代米芾玩赏过；一块三星石，状如玲珑剔透的假山，顶端有三个亮点，以水涂抹，灯下闪闪发光；一块蛙鸣石，状如青蛙；一座硕大的木影炉，是整根黄杨木雕成的……都是1956年从西铺毕家搬来的。蒲松龄“我为糊口耘人田”三十年，这些置于他设帐处的木影炉、三星石，还有“绰然堂”大匾、明代著名画家冯起宸画床围的大床，在成立蒲松龄故居时，被一股脑儿搬来，算是作家遗物，其实只能算作家寄人篱下的证明。

聊斋中到底有没有属于蒲松龄的文物？有。一个铜手炉，一个唐梦赉送的砚台，四个印章，一盏铜灯，一杆玻璃嘴烟袋，都是“文革”中红卫兵掘墓所得。

蒲松龄故居还有四个展室。蒲松龄丰富的著作陈列了满满一展室。除《聊斋志异》外还有各种版本的诗、文、词、戏曲，《聊斋志异》版本更是琳琅满目，英、法、日、俄、意等外文译本，是二十余种外文版本的代表。另外三个展室是研究成果陈列、名人字画、聊斋彩塑。四个展室都中西合璧，青砖到顶，水泥铺地，墨瓦飞檐，粉壁明窗。每个展室面积都数倍于聊斋。百米外还有个高大漂亮的二层楼，挂着“蒲松龄研究所”的牌子。当年蒲松龄一直住尘泥渗漉的旧房，盖几间小房都很难：“茅茨占有盈寻地，搜括艰于百尺楼。”何曾指望有宽敞明亮的厦屋？而今，故居范围却愈来愈大，整个蒲家庄也莫不以“三老祖”为门楣，倘蒲公有灵，做何感想？

“柳泉”是蒲松龄挚爱的地方，原有一水满自溢的泉。蒲家庄原名“满井庄”即以此得名。泉深一丈多，泉流成河，四季不断。坐在泉边，可以看见泉中倒映的群山。泉边有棵古柳，两人手拉手才能环抱，虽然岁久中空，但因临近甘泉，周匝的树皮上依然枝繁叶茂。蒲姓人在泉边植二十多棵柳，蒲松龄又物色四棵线柳，亲手植于满井周围。满井从此垂柳迎风，绿树映波，人们渐渐不称“满井”而称“柳泉”，蒲松龄也以之为号。清代邹弢《三借庐笔谈》曾记载，蒲松龄曾在柳泉边设茶摊请人讲故事，再回家加工，遂写成《聊斋志异》。这个流传很广的逸闻其实不可靠。蒲松龄外出做家庭教师四十年，哪有闲工夫摆茶摊？鲁迅先生早已指出，此说“不过委巷之谈”。

柳泉摆茶摊的事未必有，蒲松龄和柳泉却有不解之缘。他几次发动募捐在此盖龙王庙。龙王庙建成，他恰好撤帐回家养老。他的《聊斋志异》已不胫而走，却是文言写成，不像晨钟暮鼓，妇孺农夫一听则明。为“大醒市媪之梦”，他将聊斋故事改成用淄川方言唱的俚曲，为写好俚曲他食不甘味。有一次，他写到《蓬莱宴》仙女吴彩鸾下凡与书生文萧相遇，怎么写也不合心意，就走到龙王庙久久伫立，低头深思，偶一抬头，忽见庙南有个面如春花的少女，袅袅婷婷走在田埂上，与一个书生撞个满怀。书生一边赔不是，一边偷偷地打量，从姑娘的面庞瞅至绣花鞋……蒲松龄如醍醐灌顶，豁然开朗，向庙祝要来纸笔写下：“谁家的少年好不也么乖，几乎和奴撞满怀。头不抬，斜将俊眼看将来，上边看模样，下边看绣鞋。看着奴像心里爱，回头走走又徘徊，颠倒神思脚步儿歪。”这段【银纽丝】马上在孝妇河边、泰山南北传唱起来。

许多文学史家认为，蒲松龄的俚曲不过是“案头之作”，其实不然。蒲家庄许多老人能描绘演出俚曲的情况，至今还有不少不识字的老农村妪能大段大段地唱俚曲。蒲松龄的俚曲为故里人民喜闻乐见，至今经常有人在柳泉演唱。

从柳泉东望，蓝蓝晴空下，浓浓绿荫中，澄澄碧湖上，一座琼楼横空出世，完全用汉白玉和花岗岩精雕细刻而成，气势恢宏又剔透空灵，这是蒲家庄村民建的“聊斋宫”。当年中国工程院院士张锦秋女士设计聊斋宫时，我应邀做文学顾问，建议她用《罗刹海市》和《席方平》做主要场景。她采纳了这意见，运用国内外最先进的科技手段，逼真而奇妙地活化了《聊斋志异》神鬼狐妖的艺术世界。

这聊斋宫真像是个梦，一个比梦还要美妙的世界：从波浪式台阶走下去，两旁海水波动，蚌女起舞，人像在海水中游走；进入龙宫，龙王嫁女的场面华丽优美；再进入恐怖阴森的鬼门关，由奈何桥走进阎罗殿，鬼哭风号，群魔乱舞，雷电交加，十八层地狱酷刑活灵活现，恶鬼正在披上美女画皮，女尸在狂风暴雨中立起……

刘白羽曾到这儿参观，感慨地对我说，聊斋宫可以跟迪士尼乐园相媲美。

这实在是很有意思的文学现象：蒲松龄除年轻时短期南游做幕外，一辈子枯守书斋，几百年后，他的作品却越来越受到五湖四海读者的欢迎，如星斗悬天，光芒四射。蒲松龄是怎样登上艺术高峰的，始终是人们所感兴趣的。有一点是被公认的：没有穷困潦倒，没有终生乡居，就没有《聊斋志异》！有人在蒲松龄墓前柏树上写了首打油诗:“失却青云路，留仙发牢骚。倘若中状元，哪有此宇庙？”滑稽的诗写出深刻哲理：没有生活的蹉跎、困窘，就没有《聊斋志异》！

须知，在蒲松龄生活的那个时代，写小说可不是名利双收的事。按封建文学观，诗歌为正统，词为小道，而小说是闲书，不入流。何况，读书人要以八股文为晋身之阶。在那年月小说不仅不可以动辄评奖，还免不了受人嘲笑。连蒲松龄的挚友张笃庆也劝过他：“聊斋且莫竞谈空。”康熙十八年（1679），蒲松龄四十岁时，《聊斋志异》初步成书，他的自序担心人们不理解自己的创作苦衷：“知我者，其在青林黑塞间乎？”但他锲而不舍，九死而不悔，继续写下去、改下去，直到晚年，还在修订。人们常说“十年磨一剑”，蒲松龄是几十年磨一剑。《聊斋志异》耗尽了旷世奇才的毕生精力。康熙五十四年（1715）正月二十二日，七十五岁的老作家“依窗危坐而卒”！

我们不妨引用雨果在巴尔扎克墓前的诔词：“这不是黑夜，乃是光明。这不是终局，乃是开端。这也不是虚无，而是永生。你们听我说话的一切人，我不是说到真理了吗？像这一类的坟墓才是不朽的明证！”

1988 年 6 月

后 记

我的曾祖父、祖父、父亲是青州（益都）三代名中医。父亲在新中国成立前参加革命，1955 年担任益都县副县长，1958 年接周恩来总理任命，担任山东省民族事务委员会副主任，举家迁往济南。我继续在青州一中读书，直到 1960 年考上山东大学中文系才离开家乡。离乡半个多世纪，故乡山水常在念中。

青州乃古九州之一。范仲淹在这儿当过地方官，李清照在这儿居住十年，蒲松龄常来常往——他的贡生就在青州考取。儿时过春节，父亲在书房写对联，每年都是“忠厚传家远”“诗书继世长”。这是家风家训，也是故乡最珍爱的品德。小时听母亲说古道今，说红楼谈聊斋，半个世纪后，我在海峡两岸十几家电视台讲《红楼梦》，我的姐妹有时笑：“那家伙抄袭！”抄哪个的观点？母亲的！我家七兄妹“文革”前全部进全国重点大学，我是唯一学文的，大概就因为我受青州文化影响更多，受母亲的红楼、聊斋情结影响更深吧。

既然我的家乡是青州，为什么蒲松龄故居的文字也编入此书？因为我也算半个淄博人，研究蒲松龄几十年，我先生的家离蒲家庄只有三里路。